Beatrix Petrikowski

Ein Kind des Ruhrgebiets

und weitere Kurzgeschichten

Beatrix Petrikowski

Ein Kind des Ruhrgebiets

und weitere Kurzgeschichten

1. Auflage Dezember 2015

Copyright: © 2015 Beatrix Petrikowski
Horster Straße 14, D-45964 Gladbeck

Titelfoto: Beatrix und Joachim im Mai 1959

Herstellung und Verlag:
BoD – Books on Demand, Norderstedt
ISBN 978-3-7392-2289-9

Inhaltsübersicht

Ein Kind des Ruhrgebiets

Wenn ich auf Reisen gefragt werde, woher ich komme, dann ist mit "Ruhrgebiet" in der Regel die Frage erschöpfend beantwortet. Im Ausland wird mir durch ein Kopfnicken signalisiert, dass man mich nun geographisch einordnen kann. Befinde ich mich in deutschen Landen, erreicht mich eher ein bedauernswertes "Aha". Jeder weiß jetzt, woher ich komme: Aus dem "Kohlenpott"! Wo die Luft von den Abgasen der zahlreichen Schornsteine verpestet, ist und wo es keine Grünflächen gibt. Man hat es auch schon längst geahnt, denn mein Ruhrgebietsdialekt hat mich verraten. So bedauernswert die Blicke auch sein mögen, sie können mich nicht treffen und ebenso wenig verletzen. Diese Erfahrung teile ich mit den meisten Menschen, die hier aufgewachsen sind.

Meine frühesten Erinnerungen gehen zurück in die 1950er Jahre. Ich war oft bei meinen Großeltern in der Bergbausiedlung zu Besuch, wo das Zusammenleben unter den Nachbarn noch groß geschrieben wurde und heute Kultstatus besitzt. War man doch als Kumpel „unter Tage" aufeinander angewiesen, so setzte sich die unkomplizierte Hilfsbereitschaft in der wenigen freien Zeit, meist an den Wochenenden, fort. Die Siedlungen für die Bergarbeiter, die in den letzten Jahren als schmucke Eigenheime eine Aufwertung erfahren haben, umfassten ganze Straßenzüge, und gemessen an den heutigen Wohnverhältnissen waren die Wohnungen klein. Bäder gab es in der Regel noch nicht, so dass man zu den Örtlichkeiten nach draußen in den Stallanbau auf das Plumpsklo musste. Im

Sommer wie im Winter, bei Tag, wie auch in der Nacht. Hinter den Wohnhäusern befanden sich üblicherweise große Gärten, die bei jeder sich bietenden Gelegenheit dem geselligen Nachbarschaftsleben dienten.

Ich erinnere mich an die typischen Geräusche, die vornehmlich vormittags bei schönem Wetter zu hören waren, wenn die fleißigen Hausfrauen ihre Teppiche über die Teppichstangen legten und kräftig ausklopften. An ihren bunten Kittelschürzen und einem Kopftuch, das hinten zusammengebunden wurde, konnte man sie erkennen. Gingen sie dann nach dem Hausputz zum nur um die Ecke gelegenen Tante Emma-Laden „auf die Straße", konnten sie sicher sein, mindestens ein bekanntes Gesicht zu treffen. Denn jeder kannte in der Siedlung jeden. Ein kurzes Pläuschchen hier, ein längeres Pläuschchen da, die Zeit nahm sich jeder und das gehörte damals, als kaum jemand einen Fernseher besaß, zum täglichen Leben ganz selbstverständlich dazu.

Eine beliebte Freizeitbeschäftigung war die Kaninchenzucht. Da sich zwischen den Häusern und Gärten oftmals Ställe befanden, boten sich diese regelrecht für die Tierhaltung an. Mein Opa gehörte auch zu den Männern, die diesem Hobby nachgingen. So wurden von ihm jeden Tag in der Wohnküche, was meine Oma immer wieder wegen der Geruchsbelästigung zu Beschimpfungen reizte, die Kartoffelschalen für die Tiere gekocht. Das Beste war für die Kaninchen gerade gut genug, denn schließlich sollten sie auf den Rasse-Ausstellungen möglichst einen Preis gewinnen, und tatsächlich zeugten mehrere Urkunden in der Wohnung meiner Großeltern von den Zuchterfolgen meines Opas.

In meiner Kindheit gehörte es auch für viele unserer Nachbarn ganz selbstverständlich dazu, einen Schrebergarten zu besitzen. Die sich immer mehr ausbreitenden Städte mit modernen Neubausiedlungen konnten zwar mit der mehrgeschossigen Bauweise viel Wohnraum schaffen, aber in den Häusern sehnten sich die Menschen nach ein wenig Natur, um dem zunehmend stressigen Alltag entfliehen zu können. Durch die wachsende Bevölkerungsdichte nahm natürlich auch der Straßenverkehr und Lärm zu, und so suchten sie einerseits etwas Ruhe, und andererseits vermissten sie das gewohnte, nachbarschaftliche Miteinander.

Das Schienennetz war schon damals gut ausgebaut, und wenn man in eine Stadt zum Einkaufen ging, fuhr man mit der Straßenbahn. Ja, und mit der Straßenbahn ist man auch gefahren, wenn man einen Tagesausflug machen wollte. Ich kann mich noch gut daran erinnern, dass es bei uns jedes Jahr im Sommer einmal zum Grugapark, einem der größten Parks Deutschlands, nach Essen ging. Der Höhepunkt dieses Tages war dann die Fahrt mit der Bimmelbahn, wie wir Kinder die Grugabahn nannten, die eine Runde durch den Park fuhr. Wenn das Wetter es erlaubte, ging es in das zum Gruga-Komplex gehörende Schwimmbad, das als besondere Attraktion schon damals über ein Wellenbad verfügte. Und, was nicht fehlen durfte, war die Verpflegung, die stets aus von meiner Mutter am Vortag selbst gebackenen Waffeln bestand. Ein weiteres beliebtes Ausflugsziel, von dem ich anschließend stolz meinen Freundinnen vorgeschwärmt habe, war der Baldeneysee in Essen, auf dem man Bootsrundfahrten machen oder einfach nur dem bunten Treiben der zahlreichen Ausflügler zusehen konnte.

In den Städten dominierte die Farbe schwarz. Die Fassaden der Gebäude, Häuser und Kirchen waren schwarz und auch die Wäsche wurde es auf der Leine, wenn sie zu lange hängen blieb. Da haben sich die Kohleberge, die Deputatkohle der Bergleute, die vor den Hauseingängen ausgeschüttet wurden, nicht viel vor dem Hintergrund abgehoben. Es war uns Kindern ein vertrautes Geräusch, wenn die Männer dann nach der Arbeit die Kohle mit der Schaufel in den Keller beförderten, oftmals schon in der Dämmerung oder sogar im Dunkeln. Das Bild unserer Städte bestand aus Fördertürmen der Bergwerke, von denen es in einer Stadt gleich mehrere gab. Von wenigen Autos abgesehen, war die Straßenbahn das dominierende Verkehrsmittel und die zum Abwasserfluss degradierte Emscher, die in diesen Tagen eine aufwändige Renaturierung erfährt, nannte jeder nur „Köttelbecke". Überall gab es aufgeschüttete Halden von nicht brauchbarem Bergematerial und da, wo Zechen geschlossen wurden, entstanden oft weitere Abraumhalden, die in den letzten Jahren begehbar ausgebaut wurden und mittlerweile beliebte Naherholungsgebiete sind. Da das Ruhrgebiet Ende des 19. Jahrhunderts, bedingt durch die Eröffnung immer weiterer Zechen, ein explosionsartiges Bevölkerungswachstum erfahren und Menschen aus ganz Europa angezogen hat, musste schnell für neuen Wohnraum gesorgt werden. Für die Bergleute und ihre

Familien wurden, teilweise in Eigenleistung, Zechensiedlungen in unmittelbarer Nachbarschaft der Bergwerke errichtet. So sind auch meine Urgroßeltern vor dem Ersten Weltkrieg aus Ungarn ins Ruhrgebiet gezogen, meine Großeltern und meine Eltern haben hier gelebt und ich bin ebenfalls hier aufgewachsen.

Es bleibt zu hoffen, dass sich die Schließungen großer Betriebe nicht weiter fortsetzen und der Strukturwandel nicht zur Verwaisung unserer Städte führt. Der Dezimierung der Bevölkerung durch weitere Abwanderungen muss durch gezielte Förderprogramme, die Anreize für eine Ansiedlung neuer Investoren und damit dringend benötigte Arbeitsplätze schaffen, Einhalt geboten werden, damit das Ruhrgebiet wieder zu einem attraktiven Lebensraum wird.

Missgeschick mit Folgen

Sylvia warf einen letzten, kritischen Blick in den Spiegel und verabschiedete sich von Tom mit einem Kuss auf die Wange: „Also dann, mach's gut. Bis heute Abend."

„Ja, bis heute Abend und lass es dir gut gehen!"

Kaum war Sylvia aus dem Haus, griff Tom auch schon zu seinem Handy. Nach kurzer Zeit meldete sich eine Stimme: „Ja, Tom?"

„Guten Morgen Theresa, ja, ich bin's. Sylvia hat sich gerade auf den Weg zur Arbeit gemacht. Ich muss mich nur noch schnell fertig machen und könnte in einer halben Stunde beim Café Schucan sein. Passt dir das?"

„Na klar, geht in Ordnung. Bis gleich – ich freu' mich!"

Aufgeregt räumte Tom den Frühstückstisch ab. Wenn Sylvia wüsste! Sein Herzschlag beschleunigte sich bei dem Gedanken an sein Vorhaben. In den zehn Jahren, die sie bereits miteinander verheiratet sind, hatte er noch nie Geheimnisse vor ihr.

Währenddessen erreichte Sylvia den Parkplatz vor der Kanzlei und stieg die Treppen hinauf in den 3. Stock. Fast wäre sie gestolpert, als sich einer ihrer Absätze löste und sie nur noch hinken konnte. Das hatte ihr gerade noch gefehlt! So kann sie unmöglich den Klienten gegenübertreten. Es wird ihr nichts anderes übrig bleiben, als nur kurz Bescheid zu sagen und schnell einen Schuster aufzusuchen.

Schon nach wenigen Minuten saß Sylvia wieder in ihrem Auto und quälte sich durch die Innenstadt. Die nächste Ampel sprang gerade auf Rot und sie musste anhalten. Missgelaunt klopfte sie ungeduldig mit den Fingern aufs Lenkrad, wobei sie plötzlich etwas auf der gegenüberliegenden Straßenseite erblickte. Es schoss ihr wie ein Stromschlag durch sämtliche Glieder, und sie rieb sich die Augen. Das kann doch nicht wahr sein! Ihr Tom, der eigentlich gleich zum Dienst antreten müsste, sitzt dort mit einer ihrer Freundinnen. Mit der zugegebenermaßen attraktiven Theresa aus Kuba. Diese Schlampe! Tut immer so scheinheilig, als könnte sie kein Wässerchen trüben.

Der Tag war Sylvia mit der Erkenntnis, dass ihr Mann sie betrog, gründlich verdorben, und sie nahm sich kurzfristig frei. Wie von Sinnen warf sie sich zu Hause aufs Bett und schluchzte. Völlig ratlos, wie es jetzt weitergehen sollte, nahm sie eine Pizza aus dem Eisfach, schob sie in den Backofen und entkorkte eine Flasche Rotwein.

Als Tom pünktlich um fünf nach Hause kam, fand er sie angetrunken vor.

„Hallo mein Schatz, was ist denn hier los? Wie siehst du denn aus? Du hast ja ganz verheulte und verwischte Augen." Mit einem Blick auf den Tisch, auf dem noch die Reste der Pizza und zwei geöffnete Weinflaschen standen, fügte er hinzu: „Warst du gar nicht auf der Arbeit? Du hast Wein getrunken? Was ist hier los?"

Sylvia hatte ihn ausreden lassen und blickte ihn nur verständnislos an. Das soll ihr Mann sein, dem sie vertraut hatte? Der nicht mal den Schneid besitzt, ihr offen zu beichten?

Langsam sammelte sie sich, holte tief Luft und begann in ruhigem Ton: „Das könnte ich dich fragen, was das soll."

„Ich verstehe nicht…"

„Ach nein, du verstehst nicht? Hast du mir nichts zu sagen?"

„Ich weiß nicht, was du meinst. Was sollte ich dir sagen?"

„Was bist du doch verlogen. Wie konntest du mir das nur antun?"

„Was antun?"

Sylvia konnte sich nun nicht mehr in der Gewalt halten und brach erneut in Tränen aus. „Ich dachte, wir wären glücklich verheiratet. Ich glaubte, ich wäre die Einzige für dich. Aber nein, du musst mit dieser Schlampe…" Sie schluchzte: „War sie gut, ja? Ist sie besser als ich?"

„Jetzt reicht's mir langsam. Was soll das Theater. Spinnst du? Hast du nicht mehr alle Tassen im Schrank? Wovon redest du?"

„Ach, du streitest es auch noch ab? Spar dir deine Ausreden. Ich habe euch beobachtet. Heute früh, im Café Schucan."

Jetzt war es raus und Sylvia beobachtete, wie Tom leicht zusammenzuckte.

„Langsam begreife ich", nickte Tom mit dem Kopf. „Ich dachte, du wärst in der Kanzlei und würdest nichts davon mitbekommen."

„Ja", lachte Sylvia höhnisch. „Das dachtest du. Aber es kommt immer anders, als man denkt. Ich musste dringend zum Schuster und habe dich mit Theresa gesehen. Wie dumm von dir, ausgerechnet am Fenster zu sitzen."

„Ich glaube, ich muss dir da etwas erklären."

Giftig schleuderte sie ihm entgegen: „Das glaube ich allerdings auch!"

Tom machte einen Schritt auf Sylvia zu und wollte sie in seine Arme schließen. Doch sie sprang hysterisch zurück und warnte ihn: „Fass mich nicht an!"

Tom wehrte vorsichtig ab: „Es ist nicht so, wie du denkst."

„Nein? Wie ist es denn?", fragte Sylvia, wobei sie nicht wusste, ob sie lachen oder weinen sollte.

„Ich habe mich mit Theresa getroffen. Ja. Aber ich wollte von ihr ein paar Tipps über Kuba, da sie dort aufgewachsen ist."

„Wie edel von dir", unterbrach ihn Sylvia, „und das soll ich dir glauben?"

Nun riss auch Tom der Geduldsfaden und er packte Sylvia fest an den Handgelenken. „Jetzt hältst du einmal deinen Mund und unterbrichst mich nicht andauernd. Ich möchte ausreden: Für unseren Hochzeitstag wollte ich dich mit etwas Besonderem überraschen. Ich weiß, dass es schon seit längerem dein Wunsch ist, einmal Kuba auf eigene Faust zu erkunden. Deshalb habe ich einen Flug gebucht, eine individuelle Reiseroute ausgearbeitet, ein Mietauto reserviert, Hotels ausgewählt. Von Theresa wollte ich mir heute noch einige Tipps geben lassen. Mit deinem Chef habe ich auch alles abgeklärt, damit es keine Probleme mit der Urlaubsplanung..."

Unvermittelt unterbrach Sylvia seinen Redefluss, und ihr war längst klar, dass hier ein gewaltiges Missverständnis vorlag: „Deshalb ist mir Herr Hohmann immer ausgewichen, wenn ich das Thema Urlaub ansprechen wollte." Sylvia flossen neue Tränen über die Wangen, aber dieses Mal waren es Tränen des Glücks und der Freude.

Dankbar über die unerwartete Wendung fiel sie Tom um den Hals, der sie augenblicklich tröstete:

„Liebling, es tut mir so leid, dass ich dir unbeabsichtigt einen Schrecken eingejagt habe. Dein Missgeschick mit diesem blöden Schuhabsatz hat mir meine Überraschung gründlich vermiest."

„Na ja, die Überraschung ist dir schon heute gelungen", meinte Sylvia lächelnd.

Geblieben ist Verbitterung

Nach einem viel zu kalten und verregneten Frühling lockte die Sonne endlich die Menschen ins Freie. So genossen auch Jennifer und ihre Freundin Nicola das herrliche Wetter, und sie verabredeten sich mit ihren Kindern zu einem Spaziergang an der Mosel. Laura und Celina hatten sich im Kindergarten kennengelernt und waren seitdem unzertrennlich.

„Komm, lass uns mit den Kindern auf den Spielplatz gehen. Dann können sie sich mal so richtig austoben", schlug Nicola vor.

Ihre Tochter Celina schnappte den Vorschlag sofort dankend auf und schrie Laura zu: „Los, wir dürfen auf den Spielplatz!"

Schon rannten die beiden los und stürmten auf die Schaukeln zu, während die Mütter ihnen gemächlich folgten und auf einer Bank Platz nahmen.

„Das wurde aber auch Zeit, dass es endlich mal trocken ist und wärmer wird. Das Wetter der letzten Wochen ist mir richtig aufs Gemüt geschlagen", meinte Nicola.

„Wem sagst du das", seufzte Jennifer, „ich will hoffen, dass es jetzt so bleibt und dass wir einen richtig schönen Sommer bekommen."

„Fahrt ihr weg?", wollte Nicola wissen. „Wir haben nämlich mit unserer Kurzen einen Flugurlaub gebucht, und sie freut sich schon riesig auf das große Flugzeug, von dem ich ihr erzählt habe."

„Ja, wir wollen noch einmal in eine Ferienanlage auf Menorca. Laura kennt die Anlage, die einen wundervollen Dünenstrand hat und für einen Urlaub mit Kindern einfach ideal ist, schon vom letzten Jahr. Wir nutzen zum letzten Mal die günstigere Zeit außerhalb der

Ferien. Denn wenn im nächsten Jahr die Schule losgeht und man nur noch in der Saison verreisen kann, werden wir uns das nicht mehr leisten können."

Nicola blickte Jennifer erstaunt an: „Fahrt ihr denn nicht im Sommer, wenn der Kindergarten für drei Wochen geschlossen hat?"

„Nein, wir fahren erst nach den Schulferien, in der Nachsaison."

„Und wie regelt ihr das mit Laura?", wunderte sich Nicola. „Du hast bestimmt Eltern, die in der Zeit die Kinderbetreuung übernehmen, oder? Dann geht es euch besser als uns, denn meine Eltern sind schon lange tot, und die Schwiegereltern schaffen das gesundheitlich nicht mehr."

„Nein, nein, besser geht es uns auch nicht. Mein Mann und ich nehmen uns jeder abwechselnd für eine Woche Urlaub, und in der Zeit bleibt jeweils einer bei der Kleinen zu Hause. Für die dritte Ferienwoche kann ich Laura zu meinem Bruder geben. Das ist zwar nicht die Ideallösung, aber obwohl meine Eltern im Gegensatz zu deinen noch leben, habe ich zu ihnen keinen Kontakt mehr", gestand Jennifer.

„Guck mal, Mama, wie hoch ich schaukeln kann!", rief Celina.

„Ja, das machst du prima", wurde sie von ihrer Mutter gelobt.

„Gleich gehen wir noch auf das Klettergerüst und die Seilbahn. Aber ihr braucht uns nicht mehr auf den Sitz zu helfen und hochzuziehen, das schaffen wir schon alleine", ergänzte Laura ganz stolz.

Nicola nahm den Gesprächsfaden wieder auf: „Warum habt ihr keinen Kontakt mehr? Ich wäre froh, wenn meine Eltern noch lebten.

Die würden sicher ganz stolz auf ihre Enkeltochter sein und könnten mich entlasten."

„Ach weißt du, das ist eine lange Geschichte", antwortete Jennifer. „Ich habe bisher noch mit niemandem darüber gesprochen."

Nicola erwiderte mitfühlend: "Du musst es mir nicht erzählen, wenn es dich zu sehr belastet. Es geht mich ja eigentlich auch gar nichts an."

„Ist schon in Ordnung", räumte Jennifer ein. „Vielleicht tut es mir auch mal gut, wenn ich mit jemandem darüber rede." Sie warf einen Blick auf ihre Armbanduhr und stellte erschrocken fest: „Ach, ich habe gar nicht bemerkt, wie schnell die Zeit vergangen ist. Mein Mann muss heute Abend nach Dienstschluss noch zu einer Vorstandssitzung, und wenn er zwischendurch kurz nach Hause kommt und sich umzieht, hat er es gerne, wenn ich dann auch da bin. Nach der Sitzung wird es meistens spät, und wir würden uns sonst gar nicht mehr sehen. Tut mir leid, unser Gespräch über meine Eltern müssen wir wohl erst einmal verschieben."

Nicola hatte dafür volles Verständnis und war sofort damit einverstanden, dass sie sich auf den Rückweg machten. Lediglich die beiden Mädchen murrten. So dauerte es auch nicht lange, bis eine von ihnen einen Einfall hatte: „Kann denn nicht Celina heute mal bei uns schlafen?", fragte Laura und fixierte dabei sehnsüchtig ihre Mutter.

„Ja, wenn Celinas Mama das erlaubt, dann kann sie das meinetwegen gerne tun. Und vor allem muss Celina das selbst auch wollen."

„Ja, ja!", rief die sofort freudestrahlend, „ich möchte bei Laura schlafen. Mama, darf ich?" bettelte nunmehr Celina. Ein Lächeln ihrer Mutter deutete sie sofort als Zustimmung und Jennifer fügte zu Nicola gewandt hinzu: „Wenn du Celina am Abend vorbei bringst und Lust hast, kannst du gerne ein Stündchen bleiben. Wie ich schon sagte, bin ich sowieso alleine."

„Das passt prima. Mein Mann ist nämlich wieder eine ganze Woche auf einem Lehrgang und ich bin froh, wenn ich abends eine Abwechslung habe. Wir telefonieren zwar immer, nachdem er mit seinen Kollegen zu Abend gegessen hat, aber danach fällt mir die Decke auf den Kopf. Celina bringe ich spätestens um acht Uhr ins Bett, und alleine lassen mag ich sie nicht. Meistens beschäftige ich mich mit Dingen, für die sonst keine Zeit ist und die liegen geblieben sind. Passt es dir, wenn wir nachher so gegen sieben bei euch sind? Dann kann ich meinen kleinen Schmutzfink vorher noch in die Wanne stecken und schnell das Nötigste für sie einpacken. Ich bringe auch ihren Schlafsack mit, so dass du nicht extra ein Bett beziehen musst."

„Das wäre zwar nicht nötig, aber gut, so machen wir das. Kommt um sieben, dann bin ich auch so weit." Den Kindern offenbarte Jennifer: „Ihr habt gewonnen! Celina darf heute bei uns schlafen, aber nur, wenn es kein Theater gibt, hört ihr! Dann wollen wir uns jetzt mal etwas beeilen und zusehen, dass wir schnell nach Hause kommen."

Das ließen sich die beiden Mädchen nicht zweimal sagen und konnten den Abend, der jede Menge Aufregung und Spannung versprach, schon gar nicht mehr abwarten.

Pünktlich standen Nicola und Celina vor der Haustür und Laura nahm sofort ihre Freundin bei der Hand, um mit ihr in ihrem Zimmer zu verschwinden. Jennifer bat Nicola in den zum Wohnzimmer angrenzenden Wintergarten, der einen Blick auf die ersten Sommerblumen in diesem Jahr freigab.

„Was darf ich dir anbieten?", fragte Jennifer. „Magst du auch einen Wein?"

„Ja gerne", gab Nicola zurück und nahm in einem der bequemen Korbstühle Platz.

Jennifer öffnete eine Flasche Rotwein, holte zwei Gläser, schenkte ein und reichte ein Glas Nicola: „Auf einen schönen Abend und darauf, dass sich unsere beiden Trabanten weiterhin so gut verstehen."

Nachdem Nicola den schönen Garten ausgiebig bewundert hatte und die Frauen sich zunächst über die Erziehung ihrer Kinder austauschen konnten, kam Jennifer auf das bereits auf dem Spielplatz angeschnittene Thema zu sprechen: „Du wolltest von mir wissen, wieso ich zu meinen Eltern keinen Kontakt mehr habe. Ich will versuchen, dir das zu erklären: Es fing alles damit an, dass meine Eltern hier in Trittenheim Bekannte hatten. Ich glaube, es waren frühere Nachbarn von uns, die hierher gezogen sind. Ist ja auch egal. Auf jeden Fall besuchten meine Eltern die immer häufiger, weil ihnen die Gegend und die schönen kleinen verschlafenen Dörfer hier so gut gefallen haben. Mit den Großstädten im Ruhrgebiet, wo ich die ersten Jahre aufgewachsen bin, ist das nicht zu vergleichen. Meine Eltern kamen im Herbst zu den Weinfesten hierher und zogen abends durch die gemütlichen Straußwirtschaften, die sie auch in der Form gar nicht kannten. Dazu kam, dass die Grundstückspreise damals extrem niedrig waren, zumindest, wenn man etwas abseits, also nicht direkt in den bekannten Weinanbauorten ein Grundstück gekauft hat, wozu sie sich dann auch entschlossen haben. Allerdings rechneten meine Eltern nicht damit, dass mein Vater hier in der Gegend keine Arbeit finden würde. Er war in Essen bei ThyssenKrupp beschäftigt, wo er schon seine Ausbildung gemacht hat und als Mechaniker, soweit ich das beurteilen kann, musste er gut verdient haben. Das Haus war fertig und meine Mutter zog mit meinem Bruder und mir hierher. Doch mein Vater musste weiterhin in Essen bleiben und konnte nur am Wochenende zu uns nach Hause. Er bewohnte lediglich ein kleines, ganz einfaches Zimmer in der Nähe von seinem Arbeitsplatz. Ohne Dusche, denn die hatte er ja im Werk, und anstelle einer Küche hatte er nur eine Kochplatte, um sich morgens notdürftig eine Tasse Kaffee machen zu können."

Nicola hörte aufmerksam zu und nach einer kleinen Pause, in der sie kurz an ihrem Weinglas nippte, führte Jennifer weiter aus: „Die Abende waren für ihn in dem beengten Zimmer langweilig, er hatte keine Unterhaltung, keine Abwechslung. Ihm fehlte seine Familie. So suchte er Trost im Alkohol, der aus ihm einen völlig anderen Menschen machte. Einmal daran gewöhnt, wollte er auch am Wochenende, wenn er nach Hause kam, nicht darauf verzichten. Er beneidete uns, weil wir in dem schönen neuen Haus wohnen durften, so dass er uns im Alkoholrausch zunehmend tyrannisiert hat. Wir haben unseren Vater nicht mehr wiedererkannt. Wir kannten ihn als einen fürsorglichen Menschen, und nun war er nur noch jähzornig, missgelaunt und aggressiv. Meine Mutter hat er geschlagen, und wir Kinder haben das alles mit ansehen müssen. Um Ruhe vor ihm zu haben, baten mein Bruder und ich unsere Mutter wiederholt, sich von ihm zu trennen. Schließlich hatte Mutter schon Angst und zitterte, wenn das Wochenende kam, und er sie wieder schlagen würde. An einem Wochenende war es so schlimm, dass sie sogar ins Krankenhaus in die Notaufnahme musste. Doch auch sie hat sich verändert und anscheinend in ihr Schicksal gefügt. Sie blieb weiterhin bei ihrem Mann und hat dadurch auch nicht verhindert, dass er uns das Leben zur Hölle gemacht hat. Er legte uns sämtliche Steine in den Weg, die er nur finden konnte. Wir durften die Schule nicht länger als nötig besuchen, und er zwang uns sogar zu einer Ausbildung, obwohl wir beste Schulnoten aufwiesen und gerne eine weiterführende Schule besucht hätten."

„Entschuldige, dass ich dich unterbreche. Aber ich kann es fast nicht glauben, dass es so etwas gibt. Alle Eltern wollen doch normalerweise nur das Beste für ihre Kinder und sind froh, wenn sie in der Schule Erfolg haben", warf Nicola ein.

„Eigentlich ja, so sollte es sein. Aber unser Vater muss uns wohl zunehmend gehasst haben. Mein Bruder ist jedenfalls sofort mit achtzehn zu seiner Freundin gezogen. Obwohl die noch bei ihren Eltern wohnte, konnte er dort mit ihr ein Zimmer beziehen. Ich selbst habe mich in eine Beziehung gestürzt, weil ich dachte, alles ist besser als zu Hause zu bleiben. Für meinen Bruder und mich steht heute fest, dass wir unseren Vater nie wiedersehen wollen. Er hat uns so viele Chancen genommen und ich bin zwei Jahre bei einem Therapeuten in Behandlung gewesen. Was unsere Mutter anbelangt, so können wir ihr einfach den Vorwurf nicht ersparen, dass sie nur zugesehen und uns nicht vor ihm beschützt hat."

„Und glaubst du daran, dass ihr euch noch einmal die Hand zur Versöhnung reichen werdet?"

„Ach Nicola", gab Jennifer traurig zurück, „es ist so viel Verbitterung geblieben und ich bin, ehrlich gesagt, froh, dass das leidige Thema Vergangenheit ist. Eine Geste der Versöhnung müsste, wenn überhaupt, von Seiten meiner Eltern kommen. Ich kann nicht sagen, wie ich reagieren würde, ob ich eine Entschuldigung annehmen könnte. Es ist jetzt so, wie es ist. Und es hilft auch nicht, wenn ich mir vor Augen führe, wie anders alles hätte kommen können, wenn... ja, wenn es das Wörtchen ,wenn' nicht gäbe."

Jennifer fühlte, dass sie die Beschäftigung mit ihrer Vergangenheit doch sehr aufwühlte und die drückende Stimmung, die nun im Wintergarten förmlich zu spüren war, lastete auf beiden Frauen. Erst, nachdem Laura und Celina zu ihnen kamen und sich müde an ihre Mütter kuschelten, wurden sie in die Gegenwart zurückgeholt. Nicola trank ihren letzten Schluck Wein und hielt den Zeitpunkt für gekommen, sich von ihrer Tochter zu verabschieden.

Jennifer begleitete ihre Freundin zur Wohnungstür: „Ja, dass es in unserer Familie so etwas gibt, hätte ich nie für möglich gehalten. Ich kann nur hoffen, dass mein Mann und ich zu Laura immer ein gutes Verhältnis haben." Sie drückte Nicola zum Abschied: „Komm gut nach Hause!"

„Danke, ich melde mich morgen."

24

Auf eine gute Zusammenarbeit

Rafael war wieder einmal spät dran, und er würde sich beeilen müssen, um pünktlich im Büro zu sein. Schnell trank er seinen letzten Schluck Kaffee im Stehen und kontrollierte vor dem Garderobenspiegel den akkuraten Sitz seiner Krawatte, bevor er sich auf den Weg machte.

Draußen schüttete es wie aus Eimern. Zum Glück gab es einen direkten Zugang zu seiner Garage, so dass er seinen Wagen trockenen Fußes erreichte. Rasant fädelte er sich mit dem Porsche in den fließenden Verkehr ein. Die Scheibenwischer liefen auf der höchsten Stufe und seine Gedanken hingen an seinem nächsten Großauftrag. Zu spät sah er eine Wasserlache und auf dem Gehweg hatte es eine junge Passantin voll erwischt. Augenblicklich hörte er, wie sie wüste Beschimpfungen gegen ihn ausstieß. Verdammter Mist! Ihm blieb nichts anderes übrig, als an der nächsten Parkbucht anzuhalten, wenn er sich nicht auch noch eine Anzeige einfangen wollte. Er ließ die Scheibe auf der Beifahrerseite herunter, und noch bevor er ein Wort der Entschuldigung hervorbringen konnte, fuhr ihn die wütende Frau an: „So eine Unverschämtheit! Können Sie nicht besser aufpassen?" Voller Verzweiflung fügte sie hinzu: „Was soll ich denn jetzt bloß machen? Ich sehe aus wie ein Schwein! Meine Schuhe sind total versaut, und mein Rock ist bis oben patschnass."

„Hören Sie, es tut mir leid! Aber mit diesen Stöckelschuhen und dieser Garderobe haben Sie hier draußen auch nichts zu suchen."

Völlig aufgelöst und ungehalten kreischte sie zurück: „Das ist ja wohl eine bodenlose Frechheit! Was geht es Sie an, wie ich gekleidet bin?" Unvermittelt brach die junge Frau in Tränen aus und stammelte: „Aus – aus, jetzt ist alles aus. Und das ist einzig und allein Ihre Schuld!"

„Nun beruhigen Sie sich erst einmal. Sehen Sie dort drüben das Bistro? Lassen Sie uns dort bei einer Tasse Kaffee die Angelegenheit klären. Ich werde selbstverständlich für den Schaden aufkommen."

„Für den Schaden aufkommen? Dass ich nicht lache – ich habe die Chance meines Lebens verpasst!"

Rafael verstand nichts von dem Gerede und dachte lediglich daran, seiner Sekretärin Bescheid zu geben, die seinen Termin verschieben muss. Larissa war mittlerweile alles egal und folgte Rafael ins Bistro. Nachdem beide in einer Nische Platz genommen hatten, durchbrach er die Stille und machte den Anfang: „Nun erzählen Sie einmal, welche Chance Sie verpasst haben wollen. Waren Sie auf dem Weg zu einem Meeting, für das Sie sich so herausgeputzt haben?"

„Erraten – Sie Schlaumeier! Ich hätte jetzt gleich einen Vorstellungstermin. Bei einer Werbeagentur, wenn Sie es genau wissen wollen. Aber so, wie ich jetzt aussehe, kann ich doch unmöglich dort aufkreuzen."

In Rafaels Kopf überschlugen sich die Gedanken und er stimmte ihr zu: „Da muss ich Ihnen allerdings recht geben. So, wie Sie jetzt aussehen, würde Sie kein Chef einstellen. Sie sollten wenigstens den Termin telefonisch absagen und sich eine plausible Erklärung einfallen lassen."

Larissa kramte sofort in ihrer Handtasche nach ihrem Handy und legte eine Visitenkarte auf den Tisch, von dem sie die Telefonnummer ablas.

Verstohlen warf Rafael einen Blick auf die Karte und zog sich diskret zurück, um selbst telefonieren zu können. „Hallo Frau Schreiber. Ich bin in eine missliche Lage geraten und komme erst später ins Büro."

„Aber Herr Wulther, Sie haben gleich einen Termin und..."
Weiter kam seine Sekretärin nicht, denn er schnitt ihr das Wort ab: „Ich weiß, ich weiß. Sie werden das schon machen. Ich verlass' mich da ganz auf Sie."

„Na, haben Sie alles geklärt?", fragte er seine Tischnachbarin süffisant.

„Wie man es nimmt. Eine Dame am Empfang wollte es entsprechend weiterleiten und mit viel Glück bekomme ich eine zweite Chance. Sie wollen sich wieder bei mir melden."

„Was halten Sie davon, wenn ich Sie erst einmal nach Hause fahre und für den heutigen Abend zum Essen einlade?"
Larissa, die sich dem Charme des gut aussehenden Mannes nicht entziehen konnte, nahm die Einladung mit einem zaghaften Lächeln an.

Wie verabredet, holte Rafael sie am Abend ab, und sie fuhren in ein exquisites Restaurant, wo er Stammgast war und einen Tisch reserviert hatte. Nachdem sich Larissa für ein Gericht mit Wildlachs entschieden hatte, erlaubte er sich, für sie einen passenden Riesling von der Nahe mit einem unverkennbaren Aprikosenaroma auszuwählen. Das Lokal war für seine ausgezeichnete Weinkarte bekannt und beschäftigte einen angesehenen Sommelier. Es war Rafael eine Genugtuung, seine Wahl durch Larissas anerkennende Blicke bestätigt zu finden. Selbst hatte er sich für ein Lammkotelett und einer dazu passenden Reserva aus der Rioja entschieden. Er liebte diesen Marqués de Murrieta, der nach Cassis duftet und im Gegensatz zu schweren Weinen das Gericht nicht erschlägt, sondern eine wunderbare Ergänzung eingeht.

Nachdem der Kellner die Teller abgeräumt und beide angeregt über die unterschiedlichsten Themen diskutiert hatten, bestand Rafael auf einem gemeinsamen Glas Barolo, zu dem er außerdem noch eine Portion vom gleichnamigen Käse bestellte, der das Gaumenerlebnis perfektionieren würde. Dieser aus der Nebbiolo-Traube gewonnene Rotwein würde seiner charmanten Begleiterin sicher auch zusagen, und er nahm befriedigt zur Kenntnis, dass sie nach dem ersten Schluck in Verbindung mit dem Barolo-Käse anerkennend nickte: „Ich muss gestehen, Sie haben einen ausgezeichneten Geschmack."

„Danke für das Kompliment! Wichtig ist, dass der Käse zum Wein passt, was leider häufig nicht der Fall ist."

Larissa dachte unterdessen an den Anlass für dieses Treffen.

Rafael erriet schnell den Grund ihrer Betrübnis, und so hielt er es für angebracht, ihr endlich „reinen Wein" einzuschenken: „Es war mir eine Freude, das Arbeitsverhältnis mit meiner zukünftigen Mitarbeiterin auf eine so angenehme Art begonnen zu haben. Sie dürfen das als Zusage auffassen, denn hiermit sind Sie eingestellt!"

Larissa sah ihn mit großen Augen an und stammelte: „Wie, was, Sie sind...?"

„Ja, schon als Sie von dem Vorstellungstermin bei einer Werbeagentur sprachen, ahnte ich, dass es sich nur um meine Agentur handeln konnte, und ganz sicher war ich schließlich, als Sie die Visitenkarte aus Ihrer Tasche zogen. Wir sollten unbedingt noch mit einem etwas kräftigeren Saint-Estèphe aus dem Bordeaux auf eine gute Zusammenarbeit anstoßen!"

Auf zur Zopetscharte

Erschöpft lagen sie auf dem Bett, und Achim streichelte zärtlich über Edithas Gesicht. „Ich kann es kaum abwarten", hauchte er ihr ins Ohr, „wenn wir endlich für immer zusammen sind und wir uns nicht mehr in einem Hotelzimmer verkriechen müssen."

„Du musst dich nur noch ein wenig gedulden, Liebster, dann steht uns nichts und niemand mehr im Weg."

„Und du bist wirklich davon überzeugt, dass es klappen wird?"

„Natürlich!", gab Editha bestimmt zurück. „Du darfst nicht immer so schwarzsehen. Alles wird so ablaufen, wie ich es geplant habe."

„Und wenn es jemand beobachtet?"

Ein wenig genervt fragte Editha: „ Was beobachtet?"

„Na, wie du deinem Mann einen Schubs gibst. Halt, dass es kein Unglück ist, sondern – sondern vorsätzlicher Mord!"

„Du vergisst, dass da oben nicht Heerscharen von Wanderern unterwegs sind. Natürlich werde ich einen Moment wählen, in dem wir ganz sicher alleine, ohne Zuschauer sind. Und dann wird es so schnell gehen, dass er nicht einmal etwas davon mitbekommt. Sein letzter Gedanke ist vielleicht, dass ich versehentlich an ihn gestoßen bin. Aber dann wird es schon zu spät sein."

Editha löste sich aus der Umarmung und begab sich ins Bad. „Komm, lass uns nach dem Duschen noch etwas essen gehen. Ich habe einen Riesenhunger."

Achim hörte, wie sie das Wasser aufdrehte und starrte selbst gedankenverloren aus dem Fenster. Erst, als Editha wieder zurück ins Zimmer kam, schreckte sie ihn aus seinen Träumen. Einerseits war auch er davon überzeugt, dass es keinen anderen Ausweg gibt, denn Edithas Ehemann war in der Gesellschaft hoch angesehen und strebte eine politische Karriere an. Eine Trennung bedeutete immer einen kleinen Skandal, den er unter allen Umständen vermeiden wollte. Andererseits lief es Achim bei dem Gedanken, sich eines Ehemannes auf so brutale Weise zu entledigen, kalt den Rücken hinunter.

Sie wählten das gemütliche, griechische Lokal ganz in der Nähe des Hotels, in dem sie schon des Öfteren eine Kleinigkeit zu sich genommen hatten. Der Inhaber kannte sie bereits und hielt sie bestimmt für ein verheiratetes Paar.

„Wie erfahre ich, wenn es vorbei ist. Ich meine, rufst du mich an?"

„Das ist unmöglich! Du kannst mich erst am nächsten Tag besuchen. Pass auf: Uwe und ich werden an einem Tag, der sich vom Wetter her für so eine Hochtour eignet, ganz frühzeitig aufbrechen. Es ist üblich, dass man mit dem Venedigertaxi, das als einziges für diese Region eine Sondererlaubnis hat, Wanderer dort hinauf bringt, bis zur Johannishütte. Dadurch erspart man sich einen mühsamen Aufstieg in einem Gelände, das wenig reizvoll ist. Die meisten Leute haben von dort die Sajathütte zum Ziel, ein richtiges Schloss in den Bergen, aber wir werden die andere Richtung einschlagen, über den Venediger Höhenweg und die Zopetscharte. Da oben werde ich keinen Handyempfang haben, das weiß ich. Somit kann ich weder dich, noch die Bergwacht informieren. Wenn es", einen kurzen Moment hielt Editha inne, bevor sie weiter sprach, „vorbei ist, muss ich bis zur Johannishütte absteigen. Von dort können die Wirtsleute über ein Funksprechgerät die Berg-wacht verständigen, und ich werde einen Nervenzusammenbruch vortäuschen."

Achim stocherte lustlos in seinem Essen und war erstaunt, mit wel-chem Appetit sich Editha über ihren Teller hermachte. Selbst auf die Gefahr hin, dass sie gleich einen Wutanfall bekommen könnte, musste er die Frage loswerden: „Ist es denn völlig ausgeschlos-sen, dass Uwe noch Gelegenheit hat..."

Weiter kam er nicht mit seiner Ausführung, denn Editha unterbrach ihn, und als sie ihn ansah, verengten sich ihre Augen zu kleinen Schlitzen: „Er wird nichts mehr sagen können, weil er mausetot sein wird. Oder könntest du nach einem Sturz, ein paar hundert Meter in die Tiefe, noch aufstehen und etwas sagen? Jeder wird es für einen tragischen Unfall halten, wie sie sich mehrmals im Jahr in den Alpen ereignen. Ein unglücklicher Tritt auf eine nachgebende Platte, du verlierst die Balance, kannst dich nicht mehr halten, be-kommst Übergewicht und weg bist du. In diesem Fall wird in den Zeitungen zu lesen sein, dass trotz bester Ausrüstung, alpiner Er-fahrung und überhaupt... Nein, gib endlich Ruhe."

„Du hast ja recht, das überlebt niemand. Ich bin nur so nervös und wäre froh, wenn ich das alles schon hinter mir hätte."

„Dabei hast du gar nichts damit zu tun", jammerte Editha. „Die gan-ze Arbeit bleibt doch wieder einmal nur an mir hängen."

Achim beugte sich über den Tisch und gab ihr einen Kuss auf die Stirn: „Ja, du bist eine starke Frau, und bald wirst du mir gehören, mir ganz allein."

„Zurück zu deiner Frage vorhin: Ich werde an diesem Tag sicher noch von vielen verhört werden. Die Polizei wird Näheres wissen wollen, und auch unsere Vermieter werden mich keinen Augenblick alleine lassen. Deshalb kann ich nicht ein einziges Mal riskieren, mich bei dir zu melden. Alle müssen davon überzeugt sein, dass ich ihrer seelischen Anteilnahme bedarf. Da würde es nicht gut aussehen, wenn du plötzlich mitten in dem ganzen Chaos auftauchst. Das Risiko ist viel zu groß. Am nächsten Tag habe ich wahrscheinlich auch noch Formalitäten zu erledigen und muss mich um die Überführung kümmern. In unserer Unterkunft, dem Innerkratzerhof, ziehen sich die Gisi und ihr Mann Siegi früh am Abend in ihre Privaträume zurück, weil sie in aller Herrgottsfrühe raus müssen. Die Haustür zu den Gästezimmern steht aber auch die ganze Nacht offen. Wenn du oben ankommst, musst du ja nicht gerade anklopfen, wenn dich jemand im Flur sieht."

Sie bezahlten bei der Bedienung die Rechnung, und für Editha wurde es langsam knapp mit der Zeit. „Ich muss jetzt aber los. Sonst stellt mir Uwe wieder tausend Fragen. Halte dich an unsere Abmachung: Keine SMS verschicken, die sind schon vielen zum Verhängnis geworden. Du wirst dir ja ein Zimmer in Hinterbichl nehmen und kannst sicher sein, dass sich so ein Unglück bei den Einheimischen in Windeseile herumspricht."

Für beide zogen sich die nächsten Tage endlos dahin. Jeder zählte fast schon die Stunden bis zum Aufbruch, und sie konnten die innere Anspannung kaum noch aushalten. Achim beschloss für sich, jeden Tag ein paar Stunden auf der Johannishütte zu verbringen. Erst einmal genoss man von dort einen einmaligen Blick auf den Großvenediger, dessen Gletscher ihm bei wolkenlosem Himmel einen herrlichen Kontrast bot. Außerdem war das Essen nicht nur für eine Schutzhütte ungewöhnlich gut. Der Hauptgrund war jedoch, dass er dort als einer der ersten von dem „Unglück" erfahren würde. Natürlich durfte er nicht zu lange auf der Terrasse bleiben und musste sich die restliche Zeit in sicherer Entfernung aufhalten, damit ihn Editha nicht sehen konnte. Der Aufenthalt auf der Johannishütte schien ihm die beste Lösung zu sein, um gegen seine Unruhe und Nervosität anzukämpfen.

Drei Tage hatte er schon Stunden mit geduldigem Warten verbracht, und er hoffte, durch seine täglichen Fahrten nicht bei dem Taxiunternehmen aufzufallen. Glücklicherweise wechselten sich die Fahrer untereinander ab, und darüber hinaus schleppte er jedes Mal zur Tarnung einen Rucksack mit. Aber heute richtete sich seine Aufmerksamkeit plötzlich auf eine einzelne Person, die sich bergab schnell dem Tal näherte. In der Regel ließen es die meisten Wanderer beim Abstieg ruhig angehen und hatten keine Eile. Außerdem kam es selten vor, dass sich jemand ganz alleine auf eine Tour im Hochgebirge begab. Das musste Editha sein. Achim verfolgte voller Anspannung, dass sich nun einige Gäste auf dem freien Platz vor der Hütte versammelt hatten. Da hörte er auch schon das typische Geräusch eines herannahenden Hubschraubers, und wenn er sich nicht täuschte, waren die Rettungsmannschaften in Alarmbereitschaft versetzt. Allerdings, so wusste er, würden die in den nächsten Stunden weniger einen Rettungs-, als vielmehr einen Bergungseinsatz haben. Die Richtung, in der sich die Zopetscharte befinden muss, konnte Achim nur erahnen, und so verschwand der Hubschrauber für geraume Zeit aus seinem Blickfeld. Dafür näherte sich eine Autokolonne, bestehend aus Polizeifahrzeugen und Krankenwagen. Wenn die wüssten, triumphierte Achim innerlich. Den Krankenwagen haben sie umsonst hier herauf geschickt, den hätten sie sich sparen können. Sein Herz klopfte wie wild, und er zitterte vor Anspannung. Die Minuten vergingen viel zu langsam und kamen ihm unendlich vor. Da hörte er auch schon wieder die Rotorblätter des Helikopters, und mit Genugtuung erblickte er ein verschnürtes Bündel, das dieser an einem Seil unter sich herzog.

Achim hatte genug gesehen und machte sich dieses Mal zu Fuß auf den ermüdenden Abstieg, der ihn rund achthundert Höhenmeter bis hinunter nach Hinterbichl führte. Beim Gasthof Islitzer ließ er sich zum ersten Mal seit Tagen das Essen schmecken, und er blickte voller Vorfreude auf den nächsten Tag, an dem er endlich Editha in seine Arme schließen würde. Die Nacht bescherte ihm einen tiefen Schlaf, und am nächsten Morgen konnte er zufrieden einer gemeinsamen Zukunft mit seiner Liebsten entgegenblicken. Den Tag vertrieb er sich mit einem Gang an der Isel entlang bis nach Prägraten und kehrte dort beim Gasthof Großvenediger ein, wo er sich aus gegebenem Anlass einen Wein gönnte, der in anderen Gasthöfen seinesgleichen sucht. Es blieb allerdings nicht bei dem einen Gläschen, und so machte er sich am frühen Abend, leicht angeheitert, auf den Weg zu Edithas Unterkunft. Endlich war der ganze Spuk vorbei und nichts mehr würde sie trennen. Seine ganze Leidenschaft und Liebe soll sie jeden Tag spüren, und er wird der glücklichste Mann auf der ganzen Welt sein.

Mit klopfendem Herzen erreichte Achim die kleine Privatpension und alles schien ruhig, genau wie Editha es ihm prophezeit hatte. Er betrat das Haus und stieg die knarrenden Holzstufen in die erste Etage. Ein Eichhörnchen über der Tür symbolisierte das Zimmer, in dem Editha in diesem Jahr mit ihrem Mann untergekommen war. Voller Vorfreude klopfte er an die Tür. Aber es regte sich nichts. Sie muss doch gehört haben, dass er angeklopft hat. Schließlich wollte er nicht so laut an die Tür bollern, dass sofort die Gäste aus den Nachbarzimmern auf den Flur kamen. Deshalb versuchte er es noch einmal zögernd und vernahm endlich auch Schritte, die sich aus dem Zimmer der Tür näherten. Ein Schlüssel wurde im Türschloss gedreht und die Tür wurde geöffnet. Mit vor Schreck geweiteten Augen blickte Achim in die Augen eines Mannes, den er bisher nur von Fotos kannte.

„Wo, wo ist Editha?", stammelte Achim. Mehr brachte er nicht heraus, denn sein Herz schien wie von einer eisernen Hand umklammert.

„Meine Frau ist gestern durch ein schreckliches Unglück zu Tode gekommen. Sie kannten meine Frau? Wer sind Sie?"

Typisch Anke

Es klingelte an der Wohnungstür.

„Mama, Papa, kann mal einer von euch öffnen?", schallte es aus dem Bad.

Manfred ging mittlerweile auf die sechzig zu und war froh, seine Anke endlich unter die Haube zu bringen. Sollte sich in Zukunft ein anderer Mann mit ihren Launen herumärgern.

„Ja, ja, ich geh ja schon", gab er seiner Tochter zur Antwort. Er hatte die Tür noch nicht ganz geöffnet, da wurde er fast von der ungestümen Gabi umgerannt. „Einen wunderschönen guten Morgen, Herr Krenz! Wo ist Anke? Ich bin ja schon so aufgeregt!"

Manfred deutete auf die Treppe: „Oben im Bad, schon seit einiger Zeit. Weiß der Himmel, was sie da alles macht."

„Gabi, bist du das?", hörten sie Anke rufen, „komm mal hoch, du kannst mir helfen."

„Wow, siehst du klasse aus! Wie ein Model aus einem Katalog. Zeig mal, das ist ja ein Wahnsinnskleid. Und mit den hochgesteckten Haaren siehst du total verändert aus. Ach, was bin ich aufgeregt!"

„Jetzt rede nicht so viel und komm endlich her. Hilf mir die Haken von der Korsage zu schließen."

Conny, Ankes Mutter, war aus einem ganz anderen Grund aufgeregt: Sie konnte sich nämlich ihre Tochter absolut nicht als treusorgende Ehefrau mit eigenem Hausstand vorstellen. Anke war fast dreißig und eine selbstbewusste Frau. Als Lehrerin an einem

Gymnasium erwartete man von ihr Verantwortungsbewusstsein, doch privat benahm sie sich manchmal selbst noch wie ein Kind. Sie war sprunghaft in ihren Ansichten, wollte heute dieses und morgen jenes. Eine eigene Wohnung hatte sie bisher nicht in Erwägung gezogen und profitierte lieber von den Annehmlichkeiten einer All-In-Versorgung, wie sie die mütterliche Fürsorge scherzhaft nannte. Anke war immer voller Lebensenergie und genoss es, wenn sie im Mittelpunkt stehen konnte. Jan war eine Urlaubsbekanntschaft und aus heiterem Himmel verkündete sie eines Tages, dass sie beabsichtigten zu heiraten. Sie stellte ihren Eltern ganz unkonventionell ihren künftigen Ehemann vor, sie begossen das Ereignis, das wohl der Ersatz für eine Verlobung sein sollte, gebührend mit einer Flasche Champagner, und zurück blieben die überraschten Brauteltern. „Heutzutage verlobt man sich nicht mehr", hatte ihnen ihre Tochter erklärt und setzte noch hinzu: „Wir werden eine moderne Ehe führen." Was auch immer sie sich darunter vorstellen mochte, ging es Conny durch den Kopf. Für ihre Begriffe wurde viel zu schnell Hals über Kopf ein Termin für die standesamtliche Hochzeit festgelegt, worauf sich alles nur noch um das große Ereignis drehte, denn alles sollte perfekt sein. Conny musste zugeben, dass Jan wirklich gut aussah. Aber als Ehemann und Schwiegersohn konnte sie ihn sich nur schwer vorstellen. Sie schob den Gedanken daran zur Seite und mahnte stattdessen zur Eile, denn schon bald sollte die kirchliche Trauung stattfinden: „Los jetzt, es wird Zeit. Anke, bist du endlich so weit? Sonst wird deine Hochzeit noch ohne dich stattfinden."

„Ja Mama, ich bin fertig. Wir können die Show starten!"

Manfred hatte zwischenzeitlich schon den Wagen aus der Garage geholt und wartete mit laufendem Motor vor dem Haus. Es war für Anke gar nicht so einfach, mit dem langen Kleid ins Auto zu steigen, denn schließlich musste sie auch noch auf ihre Frisur achten.

Als sie bei einem strahlend blauen Himmel an der Markuskirche ankamen, wartete schon eine ganze Menschentraube ungeduldig auf das Eintreffen der Braut. Die weiblichen Gäste waren alle in langen Kleidern erschienen, wie es sich Anke gewünscht hatte. Für die Männer war natürlich der obligatorische Anzug Pflicht. Unzählige Augenpaare der Verwandten, Freunde und Arbeitskollegen blickten in ihre Richtung und warteten sehnsüchtig auf den Augenblick, wenn das Geheimnis um das Hochzeitskleid gelüftet wird. Thomas, Jans Trauzeuge, boxte ihm in die Seite: „Mensch Alter, sieht die scharf aus. Gratuliere!"

Nachdem sich das Getuschel unter den Hochzeitsgästen gelegt hatte, empfing der Pfarrer die Brautleute. Die Gäste nahmen in der Kirche Platz und als der Organist zum traditionellen Hochzeitsmarsch von Bartholdy ansetzte, verstummten wie auf ein geheimes Kommando alle Anwesenden. Anke blickte noch einmal mit Genugtuung auf den Brautstrauß, den sie aus zart rosa, lilafarbenen und weißen Blüten hatte binden lassen und nickte dann ihrem Vater zu. Langsam schritt sie an seiner Seite hinter den Blumenkindern durch den langen Mittelgang zum Altar des im gotischen Stil erbauten Gotteshauses. Jan blinzelte bewundernd auf seine Braut, die mit ihrem Kleid aus weißer Atlasseide und den eingeflochtenen

Haarbändern einfach traumhaft schön aussah. Neben die Brautleute stellten sich Gabi und Thomas als Trauzeugen. Der Pfarrer hielt eine kurze Begrüßungsansprache an die Gemeinde, gefolgt von zwei Lesungen, die durch „You raise me up" unterbrochen wurden. Anke hatte extra zwei Lehrerkollegen gebeten, dieses Lied mit irischen Akzenten im Duett vorzutragen, und nach anfänglicher Weigerung hatten sie schließlich doch nachgegeben. Ganz besonders freute sie sich über die Violinenbegleitung eines Oberstufenschülers. Dem gefühlvollen Musikstück folgten das Evangelium und die Predigt, nach der endlich die eigentliche Trauungszeremonie beginnen konnte, die den Bund der beiden besiegeln sollte. Feierlich sprach der Pfarrer die Worte des Eheversprechens: „Meine liebe Gemeinde. Wir haben uns heute versammelt, um das hier anwesende Brautpaar in den heiligen Stand der Ehe zu führen. So frage ich dich, Jan: „Willst du ..."

Das Klingeln eines Handys war für alle deutlich zu hören. Innerhalb von Sekundenbruchteilen galt die Aufmerksamkeit aller diesem Geräusch. Der Pfarrer hielt sofort inne und glaubte seinen Ohren nicht zu trauen. Jan blickte neben sich auf den Traum in Weiß, weil er die Quelle des Klingeltons zweifelsfrei aus dieser Richtung orten konnte. Er riss seine Augen weit auf und hoffte, dass nicht wahr ist, was nicht sein durfte.

Anke griff indessen in eine Ausbuchtung unter dem ausladenden Kleid und stammelte in Richtung des Pfarrers: „Tut mir leid."

Gleichzeitig drückte sie den Anruf weg und flüsterte: „Sie können fortfahren, Hochwürden."

Der Pfarrer räusperte sich und fand einfach keine passenden Worte. So bemühte er sich um einen Fortgang der Zeremonie und nahm einen erneuten Anlauf: „Willst du, Jan, die hier anwesende Anke zu deiner angetrauten Ehefrau nehmen, sie lieben und..."

Erneut ertönte der mittlerweile allen Anwesenden vertraute Klingelton. „Nicht jetzt", konnte Anke gerade noch in ihr Handy sprechen, nachdem ihr ein Blick aufs Display verriet, dass einer ihrer Verehrer versuchte, sie zu erreichen. Doch Jan riss ihr das iPhone wütend aus der Hand, packte sie am Arm und wollte vom Pfarrer wissen, wohin sie sich zurückziehen können. Der stand mit hochrotem Kopf da, schnappte nach Luft und wies auf eine Tür neben dem Altar.

Den Hochzeitsgästen blieb nichts anderes übrig, als dieses doch recht ungewöhnliche Schauspiel weiter zu verfolgen. Schon jetzt war allen klar, dass das die ungewöhnlichste Hochzeit in ihrem Leben sein wird. Sobald die Schrecksekunde überstanden und das Brautpaar hinter der Tür verschwunden war, ging die Tuschelei los. Unerhört, fanden einige den Auftritt von Anke. Wie konnte sie bloß ihr Handy mit in die Kirche nehmen? Vor jedem Theaterauftritt oder jeder Kinovorstellung wird man heutzutage gebeten, das Handy auszuschalten. Aber das hier war wohl die Krönung und stellte alles Bisherige in den Schatten. Es war einfach der Gipfel der Dreistigkeit! Andere wiederum amüsierten sich köstlich und meinten, dass das Anke ähnlich sehen würde. Sie war schon immer für Verrücktheiten zu haben, und gespannt warteten sie die weitere Entwicklung ab.

So, wie Jan jetzt mit Anke sprach, hatte sie ihn noch nicht erlebt. Er wurde ungehalten und immer lauter. „Schrei doch nicht so", bat sie ihn, „es müssen ja nicht gleich alle da draußen mithören, was du mir zu sagen hast."

„Bist du eigentlich von allen guten Geistern verlassen? Was fällt dir ein? So etwas habe ich noch von niemandem gehört. Ein Handy mit in die Kirche. Das muss man sich mal auf der Zunge zergehen lassen. Die Braut steht vor dem Traualtar und zieht mal eben ihr Handy. Sag mal, spinnst du?"

Doch sie verteidigte sich: „Ich habe mir einfach nichts dabei gedacht. Seit ich einmal dringend auf Hilfe angewiesen war und nicht wusste, wie ich mich an jemanden wenden konnte, war ich nie mehr ohne mein Handy. Auf dem Weg hierher hätte wer weiß was passieren können, und wie hätte ich dich dann erreicht? Ja, wie? Sag es mir!"

„Das ist keine Entschuldigung. Du hättest das Handy im Auto liegen lassen können. Du hättest es ausmachen oder den Ton abstellen können. Wer war das überhaupt, der dich gerade während unserer Trauung anrufen wollte?"

Sie log und behauptete, es nicht zu wissen. Aber damit wollte sich Jan nicht zufrieden geben. Er blickte auf das Display und sah, dass eine Nachricht eingegangen sein musste. „Sieh nach, was in der SMS steht", verlangte er von ihr. Wie sie befürchtet hatte, war die Nachricht von der gleichen Person, die zuvor anrief. Noch schlimmer war das, was Jan nun lesen konnte: „Hallo heut is doch Sonntag da hast du doch keine Schule wasn los? Hätt mal wieder Bock auf ne Sause. Meld dich, hab ein neues Kuschelsofa!"

„Sag, dass das nicht wahr ist. Was will der Typ von dir?"

„Jetzt mach mal halblang. Werner weiß noch gar nichts von dir und von unseren Heiratsplänen erst recht nicht."

Da ist was dran, dachte Jan und zeigte sich jetzt versöhnlicher: „Komm mal her."

Wie sie so flehend zu ihm aufblickte, konnte er nicht anders, als sie in seine Arme schließen. „Mein Liebling, mit dir werde ich es nicht leicht haben, das merke ich schon. Trotzdem will ich mich trauen und ja zu dir sagen. Ich liebe dich! Lass unsere Gäste nicht länger warten und komm."

Anke sah ihn freudestrahlend an und so, als wäre nichts vorgefallen, traten sie erneut vor den Pfarrer, der wie zur Salzsäule erstarrt nicht wusste, wie ihm geschah. Jan durchbrach die Stille, die sich seit ihrem Auftauchen über alle Anwesenden legte: „Meine lieben Gäste, wie ihr seht, wird es mir an der Seite meiner Frau nie langweilig werden, und wir können nun die Zeremonie fortsetzen. Ich danke euch für euer Verständnis!"

Der Pfarrer fügte sich in sein Schicksal und wollte gerade die entscheidenden Fragen zum Eheversprechen stellen, da unterbrach ihn Jan: „Ach, bevor ich es vergesse, der Fotograf und der Koch müssen über die Verzögerung informiert werden. Schatz, was wäre ich ohne dich? Reich mir doch bitte mal dein Handy!"

Der Würger

Die Frau blickt sich immer wieder ängstlich um. Dabei bleibt sie wiederholt in ihren unpassenden Stöckelschuhen zwischen dem Kopfsteinpflaster hängen. In ihr macht sich Panik breit. Im Gehen versucht sie an das Handy in ihrer Handtasche zu kommen, was ihr jedoch nicht gelingt. Kalter Angstschweiß bricht ihr aus, denn sie fühlt, dass sie verfolgt wird, obwohl sie keinen Schatten gesehen, keine verräterischen Tritte gehört hat. Halt! War da nicht ein Knacken? Aus einem der Eingänge? Die Gassen wirken auf sie gespenstisch, ihr Atem geht schnell, und sie will einen flüchtigen Blick nach hinten werfen. Nur noch bis zur nächsten Stichstraße, dann müssten ihr wieder Menschen begegnen, und sie wäre in Sicherheit.

Wie aus dem Nichts taucht plötzlich vor ihr eine Gestalt auf. Trotz der spärlichen Beleuchtung der Gaslaternen kann sie seinen lüsternen Blick erkennen. Er atmet schwer und fährt sich mit seiner Zunge über die Lippen. Wie gelähmt steht sie da und noch bevor sie begreift, was hier vor sich geht, greifen seine starken Männerhände nach ihr. Sie holt tief Luft und will gerade zu einem Schrei ansetzen, da umklammern seine Hände schmerzhaft ihren Hals. Sie gerät in Panik und will sich losreißen, doch hat sie gegen seine Kraft keine Chance. In ihrer Verzweiflung und nach Luft ringend tritt sie nach ihm, was ihn noch wütender macht. Mit vor Schreck geweiteten Augen ist von ihr nur noch ein Röcheln und Würgen zu hören.

Plötzlich erleuchten grelle Scheinwerfer die Szene. Ein Mann ruft laut, wobei er sich ein Grinsen nicht verkneifen kann: „Manfred, es reicht jetzt. Du sollst sie nicht kalt machen, wir brauchen sie noch!" Aus allen Ecken kommt das Produktionsteam zusammen und zeigt sich voll des Lobes für die beiden Nachwuchsdarsteller.

Noch in den Spiegel sehen können

Schon wieder piepte sein Handy. Gelassen griff er in die Innentasche seines Arztkittels, warf einen kurzen Blick auf das Display und begab sich unverzüglich auf seine Station. Wahrscheinlich hatte sich der Zustand eines seiner Patienten verschlechtert. Dr. Martin Kramer war nun schon das zweite Jahr am Marienhospital als Assistenzarzt und hatte nach dem Abitur aus Überzeugung ein Medizinstudium gewählt. Gewohnheitsmäßig benutzte er innerhalb der Klinik nie einen Aufzug. Als sportlich Durchtrainierter war er einfach zu Fuß viel schneller. Auf dem Weg zur Station stieß er im Treppenhaus leicht mit seinem Kollegen Dr. Franzen zusammen, der mit einem hämischen Grinsen weiterging und sich schon gar nicht mehr über diesen ungewöhnlichen jungen Arzt wunderte.

Als Martin auf der Station eintraf, begrüßte ihn die Stationsschwester mit der Patientenakte in der Hand: „Gut, dass Sie so schnell hier sind, Dr. Kramer. Ich hoffe nur, dass ich Sie nicht unnötig hierher bemüht habe. Aber Sie sagen ja immer..."
„Ist schon gut, Schwester Anke", winkte er ab, „lieber sehe ich einmal zu viel nach meinen Patienten als einmal zu wenig."
Zum Glück handelte es sich um keinen wirklichen Notfall, mehr um eine kleine Unpässlichkeit des Patienten, die sich schnell und wirksam mit einer Infusion beheben lassen würde. Dazu erteilte er der Schwester die nötigen Anweisungen, die sofort alles fein säuberlich in der Akte notierte.

Als Martin am Arztzimmer vorbeikam, sah er durch die halb offen stehende Tür den Oberarzt im Gespräch mit der Stationsärztin. Prof. Dr. Helmut Stemmer würde in wenigen Jahren in den Ruhestand treten, während die noch junge Marion Stenzel gerade erst ihren Doktor gemacht hatte.

„Kommen Sie rein", winkte ihm der Oberarzt entgegen. Obwohl Martin wenig Lust auf diese Art von Konversation hatte, musste er der Bitte wohl oder übel nachkommen, denn sie kam mehr einer Aufforderung gleich. „Na, was gibt's?", fragte er daher interessiert. Die attraktive junge Ärztin meldete sich als erste zu Wort: „Ich habe unserem Professor gerade ein paar Fotos von meinem letzten Urlaub gezeigt." Gleichzeitig drückte sie einige Tasten auf ihrem Handy und reichte es Martin: „Hier, sehen Sie nur. Ist das nicht ein Traumstrand? Für das nächste Foto müssen Sie einfach mit dem Daumen weiter scrollen. Ja, genau so. Oder hier, sehen Sie sich das mal ein. Einfach klasse, finde ich!"

Martin besah sich die Aufnahmen und konnte ihrer Begeisterung nichts entgegensetzen. Die Fotos zeugten zweifellos von einem Paradies. Nur vereinzelt sah man an dem von Palmen gesäumten Strand Menschen und das Meer leuchtete in sämtlichen türkisblauen Schattierungen. Ohne dass er Fragen gestellt hätte, fuhr sie in einem Ton, als ob es jedem ein Begriff wäre, schwärmerisch fort: „Mein Verlobter hat den Urlaub auf dem Nord-Malé-Atoll gebucht."

„Das sagt mir nichts, muss man das kennen?", fragte Martin in leicht ironischem Ton.

Sie überging seine Frage einfach und meinte überheblich: „Was ein Atoll ist, werden Sie ja wohl wissen. Das Nord-Malé-Atoll gehört zur Inselgruppe der Malediven. Wir haben im Hotel „Makunudu" gewohnt. Die Bungalows stehen mitten im Wasser und sind lediglich über einen Holzsteg zu erreichen. Das muss man sich mal vorstellen: Wenn wir morgens aufwachten, konnten wir direkt vor der Haustür baden. Natürlich haben wir beide einen Tauchkurs gebucht, und im nächsten Jahr wollen wir unbedingt noch einmal auf die Malediven. Falls es jemanden interessiert, kann ich einige Tipps..."

„Nee, lassen Sie mal", wehrte Martin dankend ab. „Ich habe zumindest für das nächste Jahr schon ganz andere Pläne ins Auge gefasst."

„So, da bin ich aber neugierig", meldete sich plötzlich Dr. Franzen, einer der Anästhesisten, zu Wort. Niemand hatte ihn bisher bemerkt. „Wollen Sie Ihren nächsten Urlaub vielleicht auf einem Campingplatz verbringen? Ich bin sicher, dass Sie etwas ganz Ausgefallenes finden werden und bestimmt nicht das tun, was man von einem Arzt in Ihrer Stellung erwartet."

„Na na na, Kollege", mischte sich Professor Stemmer in die drohende Auseinandersetzung, „wie unser junger Kollege seine Freizeit und Urlaube verbringt, dürfen wir doch wohl ihm und seiner verehrten Gattin überlassen. Derlei Töne verbitte ich mir."

„Nichts für ungut", gab Dr. Franzen klein bei und richtete seine nächste Frage direkt an den Professor: „Was haben Sie selbst denn für dieses Jahr geplant? Wieder einen Golfurlaub?"

„Selbstverständlich werde ich wieder irgendwohin zum Golfen. Ich schwanke im Moment zwischen Zypern und Madeira. Aber das ist ja nur für eine Woche im Herbst. Eine kleine Erholungspause zwischendurch. Meine Frau und ich wollten mal etwas anderes. Die immer gleichen Schiffsreisen langweilen uns. Deshalb haben wir uns entschlossen, uns eine schicke Yacht zuzulegen. Mein Schwiegersohn kennt sich mit den Dingern aus und wird mich beim Kauf beraten. Mein Traum wäre eine Reise quer durchs Mittelmeer und den Suezkanal bis ins Rote Meer."

„Wow", meinte die junge Ärztin, „das hört sich nach Abenteuer an."

„Ja, das wird es wohl auch. Besonders meine Frau freut sich schon darauf, mit unserer Birte und dem Kleinen gemeinsam einen Urlaub zu verbringen."

Beim Hinausgehen hörte Dr. Kramer noch, wie Dr. Franzen nun mit seinen Urlaubsabsichten prahlen wollte. Er hatte genug gehört und wollte sich lieber noch die angeforderten Untersuchungsergebnisse aus dem Labor ansehen. Anschließend warf er noch einen Blick auf die aktuellen Angebote zur Fortbildung und entschied sich, für heute Feierabend zu machen. Nach einem anstrengenden Arbeitstag ging er in Gedanken an die Unterhaltung im Arztzimmer versunken zum Parkplatz. Sein Mittelklassewagen würde nicht auffallen, wenn er auf dem Platz der zahlreichen Krankenhausmitarbeiter stehen würde. Doch ihm stand selbstverständlich einer der reservierten Parkplätze zur Verfügung, wo sich sein Ford deutlich von den übrigen Fahrzeugen unterschied. Neben seinem Wagen parkten nur Luxuslimousinen für gehobene Ansprüche oder auf Hochglanz polierte Sportflitzer, die zumeist als Zweit-, oder sogar Drittwagen von seinem Besitzer genutzt wurden. Martin stieg in sein Auto und machte sich auf den Heimweg.

Seine Frau Ulrike traf er mit einigen Freundinnen im Kaminzimmer an. Zur Begrüßung hob sie lediglich ihre Hand mit einem gekünstelten Lächeln. Martins Laune verschlechterte sich unvermittelt, denn er würde wieder einmal seine Abendmahlzeit alleine zu sich nehmen müssen. Wozu hatte er eigentlich geheiratet? Um die Abende alleine zu verbringen und seine Frau mit teuren Kleidern zu verwöhnen? Ulrike hatte keine einzige Bewerbung mehr geschrieben, seit er die Stelle im Krankenhaus angetreten hatte. Das hielt sie wohl nicht für nötig. Bisher hatte sich noch keine Schwangerschaft ergeben, und es bestand seiner Meinung nach kein Grund für sie, sich auf die faule Haut zu legen und nur so in den Tag hinein zu leben. Sie sollte sich wenigstens eine vernünftige Aufgabe suchen oder ein Ehrenamt bekleiden. Aber nein, lieber saß sie stundenlang mit ihren albernen Freundinnen herum und hielt sich für etwas Besseres.

Martin hingegen vergaß nie, dass seine Eltern für sein Medizinstudium viel Mühen auf sich genommen hatten und auf viele Annehmlichkeiten im Leben verzichten mussten. Seit einigen Wochen trug er nun schon eine Entscheidung mit sich herum, die ihm nicht leicht fiel. Vielleicht war die Enttäuschung über den heutigen Abend der Ausschlag dafür, dass er jetzt wusste, was er wollte und was zu tun war. Er schaltete den Fernseher ein, aber nahm selbst die Nachrichten nicht bewusst wahr. Nur am Rande hörte er von neuen Ausschreitungen im Nahen Osten und gönnte sich einen Cognac.

Nachdem sich Ulrike am späten Abend endlich von ihrem Besuch verabschiedet hatte, kam Martin ohne Umschweife auf den Punkt zu sprechen: „Ich werde mich für einen Einsatz bei den „Ärzten ohne Grenzen" bewerben."

„Wie, was, was soll das denn jetzt? Wie kommst du denn auf einmal auf den Bolzen?"

„Ich habe mir schon seit längerer Zeit darüber Gedanken gemacht und Unterlagen angefordert. Bisher war ich unentschlossen, aber jetzt habe ich mich entschieden und werde mich für Einsätze zur Verfügung stellen."

„Äh, du bekommst dafür von der Klinik frei, vermute ich mal, oder?"

„Nein, so geht das nicht. Was du meinst, ist ein kurzzeitiger Einsatz, der tatsächlich nur ein paar Wochen dauert. Aber dafür werden nur Chirurgen oder Anästhesisten eingesetzt, was in meinem Fall nicht zutrifft. Hier geht es um Monate."

„Bedeutet das im Klartext, dass du dich für längere Zeit an diese Organisation bindest? Du gibst deine Stelle an der Klinik auf? Heißt es das?"

Mit einem bitteren Lächeln sah er sie an und antwortete gefasst: „Ja, meine Liebe, so in etwa. Aber das ist typisch für dich, dass du nur daran denkst, wie dir meine berufliche Stellung einen gesellschaftlichen Aufstieg ermöglichen kann. Noch musst du keine Angst haben, denn vorerst werde ich meine Anstellung nicht aufgeben. Allerdings muss ich das natürlich mit dem Klinikleiter besprechen und abklären. Ich erkläre dir mal, wie eine Mitarbeit bei den ‚Ärzten ohne Grenzen' in der Regel abläuft: Grundsätzlich ist es von Vorteil, wenn man überhaupt schon mal in einem Entwicklungsland war, damit man einigermaßen eine Vorstellung davon hat, was einen dort erwartet. Denn der Einsatz erfolgt ausschließlich in Krisengebieten wie beispielsweise Flüchtlingslagern, einfach überall dort, wo die medizinische Versorgung wegen eines Erdbebens, wegen Hochwasserkatastrophen oder sonstigen Unglücken zusammengebrochen ist. Wer sich bewirbt, wird je nach Anforderung und persönlicher Eignung einem Projekt zugewiesen. Wann der Einsatz erfolgen wird, ist für niemanden vorhersehbar, da sich Katastrophen nicht planen lassen. Ich muss daher um eine flexible Urlaubsplanung bitten, um kurzfristig abkömmlich und einsatzbereit zu sein."

Wütend unterbrach ihn seine Frau: „Jetzt bist du wohl total übergeschnappt!"

Doch Martin führte beherrscht weiter aus: „In dem Berliner Büro der Organisation wird man auf einen Einsatz vorbereitet, der eine Abwesenheit zwischen einem halben oder auch einem ganzen Jahr betragen kann."

Wütend ging Ulrike jetzt im Zimmer auf und ab. Immer wieder warf sie ihrem Mann einen bösen Blick zu und versuchte mehrmals, ihn zu unterbrechen. Doch er ließ ihr dazu keine Gelegenheit und fuhr unbeirrt fort: „Und nur das macht auch Sinn, weil die Arbeitsbedingungen völlig anders als bei uns in Deutschland sind, und weil man sich erst an die neue Situation im Krisengebiet gewöhnen muss. Wer durch wiederholte Einsätze Routine gewonnen hat, wird auch schon mal für einen Einsatz von nur drei Monaten angefordert." Martin griff zu seinem Cognacglas und gab seiner Frau damit Gelegenheit, das Wort zu ergreifen: „Was ist mit mir? Was, bitte schön, soll ich in dieser Zeit machen?"

„Das fragst du mich? Du weißt doch auch so ohne mich deine Abende zu gestalten und blätterst tagsüber in Modejournalen, sitzt beim Friseur oder Nagelstylisten. Wenn dir das auf die Dauer zu langweilig wird, suche dir eine Arbeit und mache etwas Sinnvolles. Du kannst auf jeden Fall nicht mitkommen, weil der Aufenthalt in diesen Ländern mit gewissen Risiken verbunden ist."

„Danke für die Belehrung! Das habe ich mir schon denken können", unterbrach sie ihn kurz, während er ergänzend hinzufügte: „Du bräuchtest im übrigen auch noch eine Arbeitsgenehmigung des jeweiligen Einsatzlandes, und die bekommen natürlich nur die Personen, die über eine anerkannte Berufsqualifikation verfügen."

„Keine Sorge, ich habe im Gegensatz zu dir nicht das geringste Interesse daran, mir von einem Heckenschützen eine Kugel in den Kopf jagen zu lassen. Das ist doch nicht normal, dass man sich für so einen Einsatz auch noch freiwillig meldet. Was ist mit unserer Wohnung und den laufenden Kosten?"

„Auch das habe ich schon in Erfahrung gebracht. Für mich entstehen zunächst einmal keine zusätzlichen Kosten. Der Flug, Unterkunft und Verpflegung werden übernommen. Außerdem erhalte ich eine Pauschale von derzeit neunhundert Euro im Monat, um genau diese Kosten zu Hause weiter decken zu können."

„Du hast dich ja wirklich schon bestens über alles informiert, gratuliere! Dein Entschluss scheint festzustehen. Aber ich habe dich nicht geheiratet, damit du auch noch deine Freizeit und Urlaube bei deinen Kranken verbringst. Ich wollte mit dir zusammen verreisen und das Leben genießen. Aber wenn du das hier durchziehst, dann ohne mich!"

„Weißt du, Ulrike, ich hätte mir auch nicht träumen lassen, immer nur dann für dich zu zählen, wenn du gerade nichts Besseres vorhast. Meine Vorstellungen von Verwirklichung sehe ich in diesem Projekt bestätigt. Eine sinnvolle Aufgabe zu haben, anderen Menschen zu helfen, die einfach nur das Pech hatten, zur falschen Zeit am falschen Ort geboren worden zu sein, darin sehe ich meine Erfüllung, und das zählt mehr als ein Haufen Geld."

„Weißt du was? Du bist ja nicht mehr normal! Frag mal bei deinen Kollegen nach, wie die das sehen. Machen die auch alle bei diesen Projekten mit? Von mir aus geh doch, geh zu diesen Kranken, von denen du selbst der größte bist."

„Sei vorsichtig, was du sagst!"

Ulrike wurde zunehmend hysterischer und ihre Stimme überschlug sich: „Anstatt froh zu sein, dass du es endlich geschafft hast, dass du in der Gesellschaft zählst, dass du dir etwas leisten kannst... Aber nein - ich hätte es wissen müssen. Martina hatte mich von Anfang an vor dir gewarnt. Wie recht sie doch hatte."

„Ja, Martina gehört auch in diese Schublade, immer nur an sich selber denken. Wie meine Kollegen, die alle immer geldgieriger geworden sind. Es muss immer mehr sein, immer höher hinaufgehen. Ihre idealistischen Ziele haben sie längst aus den Augen verloren. Sie sind zu Mitläufern geworden und sonnen sich in ihrem Ruhm. Aber so bin ich nicht. Und so will ich auch nie werden. Hörst du. Ich will morgens noch in den Spiegel sehen können. Ich muss meinen Weg gehen und damit basta. Wenn du damit nicht klar kommst, tust du mir leid!"

Männer – mit ihnen geht's nicht, ohne sie auch nicht

Endlich scheint sich der Winter für dieses Jahr verabschiedet zu haben, und die ersten warmen Sonnenstrahlen locken die Menschen in die Biergärten. Wer es sich erlauben kann, nutzt die Mittagszeit und genießt das herrliche Wetter. Bei Lorenzo füllen sich die ersten Plätze mit zumeist Berufstätigen, die den Italiener für seine frischen und originellen Gerichte zu schätzen wissen. Und doch scheinen in der Küche Heinzelmännchen am Werk zu sein, die für eine zügige Abwicklung sorgen. Karin und Brigitte haben sich heute ebenfalls hier eingefunden und finden gerade noch einen freien Platz in einer geschützten Ecke. Schnell werfen sie einen Blick auf die Speisenkarte, und kaum haben sie sich für ein Gericht entschieden, kommt schon die Bedienung und nimmt die Bestellung entgegen: „Darf ich den Damen schon mal etwas zu Trinken bringen?"

„Ich nehme eine Apfelschorle."

„Und mir bringen Sie bitte ein Alster. Mein Essen habe ich auch schon ausgewählt. Eine Lasagne bitte."

„Ach so, ja, mir bringen Sie bitte noch einen Insalata Capricciosa."

„Ist bei euch auch so viel los? Die Leute rennen uns heute die Bude ein. Ich habe das Gefühl, die haben alle nichts zum Anziehen und müssen sich neu einkleiden. Kaum schlägt das Wetter um, da kaufen sie kurze Hosen und Tops wie die Verrückten."

„Das kannst du wohl laut sagen", meint Brigitte. „Wir haben heute auch schon mehr Umsatz als die ganze letzte Woche gemacht.

Aber sag mal, was ist eigentlich aus deiner neuen Flamme geworden? Seid ihr nun zusammen oder nicht?"

„Wie jetzt? Wen meinst du? Als wir uns das letzte Mal getroffen haben, das muss so vor einem Monat gewesen sein, da war ich noch mit Axel zusammen. Nee, eigentlich auch nicht so wirklich. Denn der will tatsächlich seine Susanne, oder wie die heißt, heiraten." Karin hatte Brigitte schon von ihr erzählt. Seine Freundin ist Flugbegleiterin und daher viel unterwegs. Oft kommt sie nur alle paar Tage einmal nach Hause, bleibt dann zwei, drei Tage und fliegt wieder um die halbe Welt.

„Ich verstehe nicht", sagt Karin, „dass die nichts merkt. Die muss so blöd sein. Lässt sich immer wieder um den Finger wickeln. Aber Axel ist damit zufrieden und findet das gut. Wenn sie unterwegs ist, trifft er sich heute mit der einen, morgen mit der anderen. Ich hatte gehofft, dass er sich von Susanne trennen wird und vielleicht... Ach, was soll's? So ist das halt mit den Männern. Nein, mit Axel, das ist schon vorbei. Das hatte einfach keine Zukunft."

Der Kellner unterbricht das Gespräch und bringt die Getränke: „Ein Alster hier und eine Apfelschorle für Sie. Das Essen kommt auch gleich!"

„Danke" sagen Brigitte und Karin fast gleichzeitig und nehmen jeder erst einmal einen großen Schluck.

„Ah, das tut gut! Wo waren wir stehen geblieben? Ach so, also Axel habe ich ganz klar gesagt, dass er ja ein ganz Lieber und Netter ist und ich ihn wirklich mag. Aber das ist mir auf Dauer zu wenig. Wenn er gerade mal Zeit für mich hat, bin ich gut genug. Nein.

Mittlerweile habe ich Paul kennen gelernt. Er ist zwar ein paar Jahre älter als ich, aber was macht das schon."

Die Nebentische sind inzwischen auch alle besetzt. Von zwölf bis vierzehn Uhr wechseln sich die meisten im Verkauf Beschäftigten mit der Mittagspause ab, und da herrscht Hochbetrieb an den wenigen Tischen. Die Bedienung hat alle Hände voll zu tun, nimmt die Bestellungen entgegen, versucht auf alle Wünsche einzugehen und balanciert oft gleichzeitig mit mehreren Tellern auf einem Arm. Da kommt auch schon das Essen für Brigitte und Karin. „Können wir bitte schon gleich zahlen? Wir haben nur eine kurze Pause und haben es eilig."

„Ja natürlich, ich bringe gleich die Rechnung."

Beide stürzen sich auf ihr Essen, denn schließlich müssen sie es in der knapp bemessenen Zeit auch noch die zwei Straßen zurück zum Arbeitsplatz schaffen. Brigitte und Karin kennen sich schon aus der Schulzeit. Dann haben sie beide eine Ausbildung gemacht und sich nur noch sporadisch getroffen. Zufällig arbeiten sie jetzt nur wenige Meter voneinander entfernt, und wenn es sich ergibt, unternehmen sie auch schon mal abends etwas gemeinsam. Brigitte ist seit der Schulzeit mit ihrem Harry zusammen, aber es läuft nicht so recht. Oftmals sind sie verabredet, sie überschlägt sich, um pünktlich fertig zu werden, und dann hat er plötzlich etwas anderes vor. Richtig sauer ist sie, wenn sie vorher noch anderen aus der Clique abgesagt hat und jetzt alleine herumhängen muss. Aber wie oft wollte sie schon von ihm weg? Eigentlich weiß sie selbst nicht, warum sie noch bei ihm bleibt. Sie könnte sich eine eigene Wohnung leisten und ist weder auf ihn, noch auf überhaupt jemanden angewiesen. Und Karin? Sie hat auch schon eine Beziehung hinter sich. Sogar zusammen gezogen ist sie mit ihm, mit ihrem Peter. Aber von Anfang an sind da die Dinge nicht so gelaufen, wie sie es sich gewünscht hätte. Nur hat sie das am Anfang nicht so gestört. Mit jedem Jahr wurde es aber schlimmer. So manches Mal hat sie die Tränen unterdrücken müssen und ganz langsam, ganz leise, hat sich der Gedanke einer Trennung in ihr festgesetzt. Am schlimmsten war die Zeit der Unentschlossenheit. Als sie dann endlich den Schritt gemacht und ihrem Partner unmissverständlich klar gemacht hat, dass es aus und vorbei ist, ging es ihr besser.

Daran erinnert sie sich jetzt und fragt sich, ob sie sich in ein neues Abenteuer stürzen soll. Sie isst die letzten Salatstücke und blickt gedankenverloren in die Ferne. „Was bitte, was sagten Sie? Ach so, die Rechnung. Ja, ich zahle zusammen. Nein lass mal, ich lade dich heute ein. Ja, es stimmt so. Danke! Ja, das Essen war gut. Wie immer!"

„Weißt du, Brigitte, eigentlich sollte ich froh sein, dass ich tun und lassen kann, was ich will. Wenn ich Lust habe raus zu gehen, dann treffe ich überall auf Bekannte und kann den Abend genießen. Wenn ich nur abhängen will, gammle ich am Sonntag zu Hause herum und bleibe einfach nur im Jogginganzug. Aber verdammt, irgendetwas fehlt mir dann doch. Es ist ganz merkwürdig mit den Männern. Wenn ich einen habe, dann geht er mir auf die Nerven. Er rasiert sich und spült hinterher die Haare nicht aus der Wanne.

Der ganze Rasierschaum klebt an der Duschabtrennung. Du musst nicht meinen, dass er da mal mit einem Wasserstrahl darüber geht. Er putzt sich die Zähne und lässt die Zahnpastatube offen liegen. Abends zieht er sich aus, und die Klamotten liegen noch am nächsten Tag auf dem Stuhl oder am besten auch noch auf dem Boden. Er kommt nicht einmal auf die Idee, den Müll herunter zu tragen, obwohl schon der Beutel überquillt. Er sitzt abends als erster vor dem Fernseher und zappt durch alle Kanäle, während ich noch die Wohnung aufräumen muss. Aber wenn ich alleine bin, passt mir das auch nicht. Gibt es eigentlich keine Männer, die so sind wie wir? Denen man nicht immer alles hinterher räumen muss?"

„Nein", antwortet ihr Brigitte, „das kannst du einfach nicht erwarten. Es sind halt Kerle. Mit den Männern geht's nicht, aber ohne auch nicht!"

Auf nach Malle!

Endlich Ferien! Und dann auch noch nach Malle! Meine Eltern wollten es mir erst nicht erlauben und haben mich mit allen möglichen exotischen Zielen, wie die Karibik, locken wollen. Aber das hat alles nichts genutzt. Die Eltern meiner Freunde hatten ebenfalls ihre Bedenken, ihre „lieben Kleinen" alleine fahren zu lassen. Dabei sind einige von uns schon siebzehn! Schließlich konnten wir unsere Eltern aber doch überzeugen, denn bei den Anbietern für Jugendreisen werden die Jugendlichen von Betreuern begleitet.

Und nun ist es endlich so weit! Gerade sind wir mit dem Flieger auf dem „Aeropuerto de Son San Juan" – allein dieser Name lässt unsere Herzen schon höher schlagen! – gelandet, ziehen unsere Koffer vom Gepäckband und folgen den Anweisungen unserer Betreuer. Wir müssen uns zum Bus mit der Nummer 29 begeben, der uns nach Alcudia befördern soll. Beim Verlassen des Flughafengebäudes haut es uns fast um: Die Sonne knallt unbarmherzig vom Himmel, und uns tritt der Schweiß aus allen Poren. Umso angenehmer ist es im klimatisierten Bus, und ich will mir gar nicht vorstellen, wie das früher für die Urlauber war, ohne diese Annehmlichkeiten.

Nach rund eineinhalb Stunden Busfahrt stehen wir an der Rezeption des gebuchten Hotels und platzen bald vor Ungeduld. Zum Glück klappt die Zimmerverteilung reibungslos, und wir ziehen alle mit unserem Gepäck in Richtung Fahrstuhl. Koffer auspacken? Kann warten! Wir schnappen uns nur noch unsere Badehosen und dann nichts wie ab zum Strand. Mittlerweile ist es schon spät am Nachmittag, und die ersten sonnenverbrannten Urlauber haben sich in ihre Hotels zurückgezogen, um sich für den Abend fein zu machen.

„Boahhh, hast du gerade die Biene in ihrem knappen Bikini gesehen? Alter, sieht die scharf aus!"

Das ist typisch Fuzzi, aber wo er recht hat, hat er recht. Ich darf gar nicht hinsehen, wie sich die Grazien mit Sonnenmitteln gegenseitig einreiben. Wie soll man da noch einen klaren Gedanken fassen?

„Ja, echt scharf", stimme ich ihm zu, „aber die anderen Mädels sehen auch nicht schlecht aus. Dass Tina eine gute Figur hat, habe ich ja immer schon vermutet. Aber so, fast ohne alles – Mann oh Mann!"

Das Gute ist nämlich, dass nicht nur Fuzzi, Kalle, und Berni mit mir im Flieger saßen. Nein, auch ein paar unserer Mädels konnten sich uns anschließen. Eine heißer als die andere!

„Wer kommt mit ins Wasser?", fragen gleich mehrere durcheinander und klar, dass in diesem Punkt Einigkeit herrscht.

Susi ist ja eine echt gute Schwimmerin, stelle ich mal so ganz nebenbei fest. Da werde ich mich mal tauchend an sie heranmachen und ihr ....

„Spinnst du! Was soll das denn?", kreischt sie.

„Jetzt stell' dich doch nicht so an! Ich wollte eigentlich nur mal..."

„Was wolltest du?"

Ich bringe nur noch ein „ach gar nix, is schon gut" heraus. Was hätte ich denn, verdammt noch mal, auch sagen sollen? Dass ich ihr gerne einen Kuss gegeben hätte? Warum muss alles so kompliziert sein?

Am Abend ziehen wir Jungs los und wollen so richtig die Sau rauslassen. In den letzten Wochen haben wir alle von unserem Taschengeld etwas an die Seite gelegt, um auf den Urlaub anstoßen zu können. „Erst mal müssen wir aber für eine ordentliche Grundlage sorgen. Das Essen in der Anlage war nicht so mein Fall", meint Berni und Fuzzi sieht das auch so. „Wenn wir einen drauf machen wollen, brauchen wir... – ja, was sehen denn meine Augen? Einen echten deutschen Bratwurststand! Komm Ronny, das ist doch was für dich. Eine Currywurst und Fritten dazu." Wenn man mich mit etwas locken kann, dann damit. Wir bestellen eine doppelte Portion, mit Mayo – versteht sich – und lassen keinen Happen übrig. Nachdem wir so richtig gut abgefüllt sind, heißt es nur noch San Miguel und Cuba libre. Um unser Glück vollkommen zu machen, fehlen jetzt noch unsere Mädels. Schade, dass die nicht mit uns gekommen sind. Aber es gibt ja noch die feurigen Spanierinnen. Auf in die Disco! Mädels – wir kommen!

Am anderen Morgen kostet es einige Überwindung, mich im Bett aufzusetzen. Meine ersten Schritte verheißen nichts Gutes. Besser wäre es wohl, erst einmal meinen Rausch auszuschlafen. Aber die Tage auf Malle sind gezählt, und jede Stunde ist kostbar. Meinem

Zimmernachbarn scheint es auch nicht besser zu gehen: „Hast du auch so einen dicken Kopf heute?"

So eine blöde Frage kann auch nur von Kalle kommen.

„Natürlich, oder meinst du vielleicht, ich habe weniger gesoffen als du?"

Aber was soll's? Wir müssen zum Strand, denn dort warten unsere süßen Zuckerschnecken! Kati und Tina sind heute schon früh aus den Federn und wollten für uns einen Platz freihalten. Susi und Biene sind wahrscheinlich auch schon da und räkeln sich in meiner Phantasie auf ihren Strandlaken.

„Na, da seid ihr ja endlich", meint Tina und das hört sich wirklich so an, als ob sie sich über unser Erscheinen freut.

Leicht erschrocken meint Kati: „Oh Mann! Wie seht ihr denn aus? Habt ihr die Nacht durchgemacht?"

Fuzzi gibt zur Antwort, dass das wohl kaum der Fall sein konnte, da wir um spätestens ein Uhr wieder in der Hotelanlage sein mussten. Wer nicht pünktlich ist, hat die nächsten Abende weniger Ausgang. Das ist doch eine klare Ansage. Die Betreuer kennen da keine Gnade.

„Kommt, lasst uns eine Runde schwimmen. Dann geht es uns sicher bald besser", ist mein Vorschlag, der allerdings nicht bei allen Zustimmung findet.

„Nein, in eurem Zustand solltet ihr jetzt nicht schwimmen gehen", meint Susi. Mir schwirrt der Kopf: Hat die Süße etwa Angst um uns, oder gar um mich? „Was soll das heißen?", frage ich und setze gleich hinterher: „Ich fühle mich topfit und könnte bis zu der klei-

nen Insel da hinten schwimmen." Dabei strecke ich meinen Zeige-
finger in die angegebene Richtung.

„Findest du nicht", fragt mich Berni, „dass die etwas zu weit weg
ist? Was ist, wenn du auf dem Weg schlapp machst?"

Ich will nun Susi zeigen, was in mir steckt, und obwohl es mir
sauschlecht geht, höre ich mich sagen: „Was wetten wir, dass ich
bis zu der Insel schwimmen kann?"

Kalle geht darauf ein und sagt, ohne sich mit den anderen abge-
sprochen zu haben: „Abgemacht, wenn du darauf einschlägst,
kannst du heute Abend frei saufen und bekommst vorher noch
eine ordentliche Portion als Grundlage."

„Und wenn er es nicht schafft?", fragt Berni und sieht dabei erwartungsvoll in die Runde.

„Genau, was ist dann?", pflichtet ihm Biene bei.

Und Susi meint: „Ihr wisst alle, dass ich schon echt gut schwimmen
kann. Ich würde mir das gerade mal im nüchternen Zustand zutrauen, wenn überhaupt. Aber selbst dann wäre es mir lieber, wenn
mich ein Schlauchboot begleiten könnte."

Ohne auf die Diskussion weiter einzugehen, höre ich mich sagen:
„Ich mach' es. Für eine Portion Fritten rot-weiß, eine Currywurst
und frei saufen." Verschmitzt setze ich mit einem Blick auf Susi
hinzu: „Und vorher will ich noch einen Kuss von dir!"

Susi blickt verschämt zur Seite. Um nicht selbst noch einen Rück-
zieher zu machen, renne ich einfach auf das Meer zu und stürze
mich in die Fluten. Das Wasser ist angenehm, nicht zu kalt. Ich
höre noch, wie meine Freunde hinter mir in einen Wortwechsel ge-

raten, aber daran verschwende ich jetzt keine Zeit. Ich tauche mit dem Kopf unter, mache zwei Züge, hole Luft, tauche wieder unter, zwei weitere Züge. Kräftig hole ich mit meinen Armen aus und denke nur noch an Susi und an den Kuss!

La moda joven

Die Kundin warf einen letzten, prüfenden Blick in den Spiegel und meinte in Richtung Verkäuferin: „Ja, die beiden Teile nehme ich. Mit der Jeans und dem Blazer kann ich nichts falsch machen. Damit bin ich richtig angezogen, falls einige Besucher elegant gekleidet kommen, und auf der anderen Seite kann ich mit der Jeans nicht als overdressed unangenehm auffallen."

„Darf es vielleicht noch ein Unterziehrolli dazu sein oder ein schickes Tuch?"

„Nein danke, da sehe ich dann erst einmal bei mir zu Hause nach. Außerdem weiß ich noch nicht, ob ich überhaupt etwas Langärmeliges bei dem Empfang tragen werde. Das mache ich vom Wetter abhängig. Also, ich bleibe bei den Sachen hier und probiere sie an."

Mit diesen Worten verschwand die Kundin in der Umkleidekabine.

Anja wartete geduldig vor den Kabinen, bis ihr die Kleidungsstücke zum Entsichern gereicht wurden. Sie ging damit zur Kasse, wo ihre Kollegin Kim gerade eine andere Kundin verabschiedete.

„Na, hat sie sich doch endlich für ein Outfit entscheiden können?", wurde Anja von Kim gefragt.

„Mensch, sei leise, das muss sie ja nicht hören! Ich hatte auch schon die Befürchtung, dass sie selbst nicht weiß, was sie überhaupt will."

Als die Kundin zur Kasse kam, sagte Anja zu ihr gewandt: „So, das macht zusammen einhundertsiebenunddreißig Euro neunzig."

Sie nahm die ihr gereichten Geldscheine entgegen: „Ja – danke – einhundertfünfzig, dann gibt es zwölf Euro zehn retour. Ich wünsche viel Spaß bei Ihrem Empfang und noch einen schönen Tag!"

„Danke, das wünsche ich Ihnen ebenfalls und auch noch mal danke für die Beratung."

Nachdem die Kundin das Ladenlokal verlassen hatte, kam Carmen aus dem Lager zurück und wunderte sich schon, weshalb ihre beiden Mitarbeiterinnen so leise miteinander sprachen: „Na?", meinte sie lächelnd, „was gibt es denn zu tuscheln? Hat eine von euch beiden wieder einmal einen super netten und süßen Mann kennengelernt?"

Ohne eine Antwort abzuwarten, begann Carmen sofort mit dem Auspacken der neuen Ware und summte dabei leise vor sich hin. Sie hatte ihre Entscheidung, sich selbstständig zu machen, nicht bereut und war stolz auf ihren Laden, der auf einer großzügigen Verkaufsfläche ausgefallene Kleidungsstücke zu annehmbaren Preisen anbot. Auf einer kleinen Empore führte sie leicht flippige Klamotten für die ganz Mutigen, aber ansonsten bot das Sortiment Mode für eine breite Käuferschicht an, die ein wenig Extravaganz für besondere Anlässe schätzte. Bevor Carmen den Sprung in die Selbstständigkeit wagte, hatte sie als Store-Managerin in einer Filiale eines deutschlandweit agierenden Unternehmens für Damenoberbekleidung gearbeitet, und schon damals gefiel ihr nicht, dass zunehmend englische Begriffe die alten Bezeichnungen verdrängt hatten. Plötzlich hieß es nicht mehr *Etage*, sondern *flor* und *assistent* ersetzte den oder die *Stellvertreterin*. Es müssen doch nicht ausschließlich Wortschöpfungen sein, die aus dem Englischen übernommen werden, dachte sich Carmen. Wozu haben mir meine Eltern einen spanischen Vornamen gegeben?, so fragte sie sich weiter. Fast jedes Jahr hatte sie ihren Urlaub auf einer der Baleareninseln verbracht und sogar einige Spanisch-Kurse belegt, um sich bei Bedarf auch den Spaniern in den entlegenen Dörfern verständlich machen zu können. So war es für sie naheliegend, ihrem Ladenlokal den Namen „La moda joven" zu geben, was so viel wie „Junge Mode" bedeutet. Vielleicht lag auch allein schon in der Namensgebung das Erfolgskonzept begründet, durch das sie sich von den wie Pilze aus dem Boden sprießenden Filialisten unterschied.

Kim entließ eine Kundin gerade mit einem Schwung voller Kleider in die Umkleide, als auch schon Anja zu ihr kam und flüsterte: „Wann will denn unsere Chefin heute nach Hause? Wir brauchen schließlich noch etwas Zeit für die Vorbereitungen, und sie muss weg sein, wenn die Anderen kommen."

„Vorhin hat sie geäußert, dass sie sich gegen fünf aufmachen will. Heike und Martina kommen gegen sieben vorbei. Dann müsste das klappen und keiner kann dem anderen in die Arme laufen!"

Kim und Anja tauschten verschwörerische Blicke aus, worauf Kim sich sofort ihrer Kundin zuwandte, als die vor dem Spiegel stehend ihr erstes Outfit betrachtete.

„Wenn ich ehrlich sein soll", begann Kim zögerlich, nachdem sie die junge Frau kritisch begutachtet hatte, „passt dieser Stil nicht so richtig zu Ihnen, und das Kleid sitzt auch an den Schultern und im

Rücken nicht gut. Versuchen Sie es lieber mal mit dem hier", wobei sie auf ein Kleid mit einem ausgefallenen Kragenausschnitt zeigte.

„Dieses Modell haben wir ganz neu herein bekommen, und es wirkt mit den Farben etwas fröhlicher und frecher, wenn ich das mal so sagen darf."

Besonders begeistert schien die Kundin von dem ersten Teil auch nicht zu sein und zog sich kommentarlos in die Umkleide zurück.

Anja bedeutete Kim mit einer Kopfbewegung, dass sie zu Carmen gehen will, um ihr zu helfen. Gemeinsam haben sie die letzten Kartons Blusen und Jacken ausgepackt und aufgebügelt. Scheinbar ganz nebenbei fragte Anja ihre Chefin, was sie heute noch so vorhabe.

„Ach, ich weiß es noch gar nicht so genau. Eigentlich wollte ich heute so um fünf abhauen und meinen Feierabend mit einem guten Buch auf dem Sofa verbringen. Vorher ein entspannendes Bad nehmen..."

„Ja", meinte Anja sofort, „dann mach' das doch! Du hast sowieso schon immer öfter Rückenprobleme vom vielen Stehen. Fahr du mal ruhig nach Hause. Wir machen das hier schon."

Irritiert sah Carmen sie an und fragte: „ Sag mal, wollt ihr mich loswerden oder was?"

„Nein, nein! Wie kommst du denn darauf?", fragte Anja schnell und setzte dabei eine unschuldige Miene auf.

„Ist schon gut, hab ich nicht so gemeint", lenkte Carmen ein, „aber ich würde auch gerne noch die Wand dort drüben neu dekorieren. Und der ganze Ständer mit den neuen Klamotten muss ja auch noch ansprechend für unsere Kunden präsentiert werden. Vielleicht kümmere ich mich noch darum und bleibe bis zum Schluss. Dann kann zumindest eine von euch beiden eher gehen, und ich versuche, Kirsten zu erreichen. Sie könnte mich abholen, und wir setzen uns einfach mal wieder in die kleine Bar um die Ecke zum Klönen."

Das lief nun gar nicht in die Richtung, in die Anja den Tagesausgang lenken wollte. Aber wie sollte sie ihre Chefin von ihrem Vorhaben, länger zu bleiben, abbringen und stattdessen zeitig nach Hause schicken, ohne dass diese Verdacht schöpfen würde?

Wenn Carmen für etwas zu begeistern war, dann waren es die Berge und genau die waren jetzt die Rettung! „Ähm, kommt heute nicht irgendeine von den Folgen über die Alpen, die du so gerne siehst?", fragte Anja und sah Carmen erwartungsvoll an.

„Ach ja, richtig – das hätte ich beinahe vergessen! Gut, dass du mich daran erinnerst. Dann muss ich mich wohl doch erst morgen um all das hier kümmern. Wie spät ist es denn jetzt überhaupt?" Carmen sah auf ihre Uhr und war erstaunt, wie schnell die Zeit wieder verflogen ist.

Anja atmete erleichtert auf und dachte, dass das gerade noch einmal gut gegangen ist. Mit einem Blick auf ihr Handgelenk stellte sie ebenfalls fest, dass es schon nach 16 Uhr war und meinte erleichtert: „Fahr du nur nach Hause und mache dir einen gemütlichen Abend. Wir sind ja zu zweit und schaffen das schon. Du kannst dich auf uns verlassen!"

Carmen wusste, dass sie sich keine besseren und verlässlicheren Mitarbeiterinnen wünschen konnte. Von Anfang an haben Martina, Heike, Anja und Kim für sie gearbeitet, und bisher ist keine von ihnen auch nur einen Tag wegen Krankheit ausgefallen. Alle vier kannte sie von früheren Arbeitsstellen, und zwei von ihnen waren schon über ein Jahr arbeitslos, weil ihr letzter Arbeitgeber Konkurs anmelden musste. Die Situation war für den Einzelhandel nicht einfach, und viele kämpften ums Überleben. Umso dankbarer waren Kim und Heike, wieder einen Job gefunden zu haben, und sie alle zusammen gaben ein prima aufeinander abgestimmtes Team ab. Wenn eine von ihnen etwas vorhatte, musste sie sich lediglich mit einer Kollegin abstimmen und konnte dann mit ihr die Schicht tauschen. Alle wussten, was sie Carmen zu verdanken hatten. Denn ein fairer Chef war leider keine Selbstverständlichkeit und die absolute Ausnahme!

Tatsächlich verabschiedete sich Carmen sogar noch früher von Kim und Anja, als diese zu hoffen wagten. Die beiden, davon konnte sie ausgehen, würden noch bis zur Schließung des Geschäftes um 20 Uhr die Stellung halten. Carmen lief in Vorfreude auf einen ruhigen und gemütlichen Feierabend die Fußgängerzone bis zum Ende, überquerte den Rathausplatz und gelangte schnell zu dem dahinter liegenden Parkplatz, für den sie einen Dauerparkschein besaß. Als sie sich in ihren Wagen gesetzt hatte, lehnte sie sich zufrieden zurück, startete den Motor und schaltete sofort ihren Lieblingsradiosender ein. Das Leben konnte ja so schön sein! Für die Fahrt nach Hause müsste sie eine knappe Stunde rechnen und würde sich dann erst einmal ein heißes Bad gönnen.

Anja und Kim nutzten die verbleibende Zeit, um die neu eingetroffenen Kleidungsstücke so zu präsentieren, dass vor allem das Auge des Kunden angesprochen wird. Sämtliche Pullis und Shirts, die von einigen Kundinnen nur achtlos zurückgelegt wurden, falteten sie ordentlich, drapierten Tücher zur optischen Auflockerung und schleppten die leeren Kartons ins Lager zurück. Doch zuallererst stellten sie den Sekt kühl, den sie bis jetzt noch in ihren Handtaschen versteckt hielten. Für das leibliche Wohl würden ihre beiden Kolleginnen Heike und Martina sorgen, die sicher den ganzen Nachmittag mit der Zubereitung beschäftigt waren.

„So, ich finde, wir haben ein Lob verdient!", meinte Kim zu Anja. „Der Laden sieht topp aus und jeden Moment müssen unsere beiden Kolleginnen hier sein." Sie hatte den Satz nicht ganz zu Ende gesprochen, da sah sie auch schon, wie sich Martina und Heike, jeweils ein Tablett vor sich her balancierend, dem Eingang näherten.

„Ihr kommt gerade richtig!", begrüßte sie Anja. „Wir sind vor einer Minute mit allem fertig geworden. Ich bleibe freiwillig auf der Verkaufsfläche und werde um Hilfe rufen, wenn ich euch brauche. Aber heute ist wie jeden Dienstag nicht so viel los, da wird es gehen. Vielleicht kommt später eine von euch mit nach vorne, damit es mit der Kassenabrechnung schneller geht."

„Ja klar", antwortete Heike, „ich helfe dir nachher bei der Kasse, und in der Zwischenzeit werden wir unseren Pausenraum so richtig festlich schmücken. Carmen wird Augen machen!"

Während Anja vorne blieb, um potentielle Kunden zu bedienen, begaben sich Heike, Kim und Martina in den Aufenthaltsraum. Dort bereiteten sie alles für den großen Augenblick vor. Um 19 Uhr wurde Kim von Martina daran erinnert, dass nun der Zeitpunkt für den Anruf gekommen ist, dem sie bereits seit Tagen entgegenfieberten. Kim holte ihr Handy aus der Tasche und scrollte unter ihren Kontakten bis „Carmen". Bevor sie auf das Symbol zum Anrufen tippte, warnte sie ihre Kolleginnen noch, bloß keinen Mucks von sich zu geben.

„Hallo Kim, was gibt's?", fragte Carmen direkt, nachdem ihr das Display den Anrufer bereits verraten hatte.

„Tut mir leid, Carmen, dass ich dich stören muss. Es ist mir auch ganz unangenehm. Aber du musst leider noch einmal zurückkommen, weil ich meinen Schlüsselbund zu Hause vergessen habe und gleich nicht abschließen kann."

„Aber Anja ist doch bei dir, die wird doch nicht auch noch ihren Schlüssel vergessen haben", konterte Carmen, wobei sie die Möglichkeit, tatsächlich jetzt noch einmal zum Laden fahren zu müssen, weit, ganz weit von sich schob. Nein, schalteten ihre Synapsen in Sekundenbruchteilen, das kann nicht wahr sein – das ist nur ein Scherz!

„Leider ist Anja vorzeitig nach Hause gegangen. Ihr wurde plötzlich ganz übel, und sie hat fürchterliche Magenschmerzen bekommen.

Wir haben auch nichts mehr geschafft, seitdem du weg bist. Hier geht es drunter und drüber, die Kundinnen werfen alles durcheinander, sogar die neue Kollektion haben sie schon völlig zerwühlt, und ich habe jetzt rein zufällig, weil ich nach einer Kopfschmerztablette gesucht habe, meinen Schlüssel vermisst. Ich kann doch den Laden gleich nicht einfach..."

Weiter kam Kim nicht, und Carmen hauchte nur noch ein wütendes „Ich komme" in den Hörer, bevor das Gespräch unterbrochen war.

„Na, wie hat sie reagiert?", wollten Heike und Martina von Kim wissen und sahen schon an ihrem Gesicht, wie die Hiobsbotschaft auf ihre Chefin gewirkt haben musste.

„Na ja", meinte Martina, „jetzt können wir sowieso nichts mehr ändern. Alles ist eingestielt, und wir müssen nun abwarten, wie sich der Abend entwickelt."

Carmen hatte es sich zu Hause bereits gemütlich gemacht und sogar schon ein Gläschen Wein getrunken. Sie wollte sich gerade eine Tiefkühlpizza aufbacken, auf die sie nach dem Anruf allerdings keinen Appetit mehr hatte. Der war ihr jetzt nämlich gründlich vergangen. Und die Feierabendlaune ebenfalls! Das durfte doch alles, verdammt noch einmal, nicht wahr sein. Gut, Anja ist ausgefallen. Magenschmerzen sind nicht so ungewöhnlich und können plötzlich, aus heiterem Himmel, auftreten. Warum sollte es also nicht auch Anja einmal treffen können? Aber warum muss ausgerechnet Kim am selben Tag auch noch ihren Schlüssel zu Hause vergessen? Dann hat sie ja folglich ihren eigenen Schlüssel..., wie kommt sie dann heute..., ein Schlüsseldienst dürfte teuer werden...

Im Kopf von Carmen überschlugen sich die Gedanken, und dann schloss sie einfach damit, dass es sie schließlich nichts angeht. Kurz entschlossen tauschte sie ihren Pyjama gegen eine Jeans und einen bequemen Pulli, schlüpfte in Ballerinas und fädelte sich schon bald auf der Autobahn in den fließenden Verkehr ein. Unterwegs ärgerte sie sich über die Vergesslichkeit ihrer Mitarbeiterin und bedauerte, die nächste Folge über die Alpenwelt im Fernsehen zu verpassen. Verdammt noch mal, fluchte sie wütend vor sich hin, kann man denn nie Feierabend haben?

Trotz der hohen Verkehrsdichte bog Carmen zu Beginn der 20 Uhr Nachrichten auf den Parkplatz ein, den sie erst vor rund drei Stunden verlassen hatte. Immer noch leicht wütend stieg sie aus dem Auto, überquerte den Rathausplatz und eilte zur Fußgängerzone. Alle Läden, an denen sie vorüberging, hatten bereits geschlossen. Da erblickte sie auch schon das Leuchttransparent mit der Aufschrift „La moda joven". Schnellen Schrittes stürmte sie auf die unverschlossene Glastür und rief: „Hier bin ich! Ich schließe sofort den Laden, du kannst gehen."

Carmen hielt Ausschau nach Kim, die sie jedoch nirgendwo ausfindig machen konnte. Erst jetzt fiel ihr auf, dass sämtliche Präsentationstische und Regalwände ordentlich bestückt waren und sogar der Ständer mit der neuen Lieferung, der vorhin noch ein Durchkommen unmöglich machte, war wie vom Erdboden verschwunden. Nein, halt, da hängen ja die neuen Blusen und Jacken, nach ihren Vorgaben und Wünschen farblich sortiert und in den unterschiedlichsten Kombinationen für die Kunden zusammengestellt.

Noch bevor Carmen sich einen Reim auf die ungewöhnlichen Vorgänge machen konnte, rissen ihre vier Mitarbeiterinnen die Tür vom Pausenraum auf und stürmten auf ihre Chefin zu. Sie gratulierten ihr zum einjährigen Firmenjubiläum und führten Carmen, der es die Sprache verschlagen hatte, in den sonst eher tristen Raum. Carmen traute ihren Augen nicht und brachte vorerst nur ein „Kinder, ihr seid verrückt!" heraus. Ein dicker Blumenstrauß war nicht zu übersehen, und ein Lichtermeer von unzähligen Teelichtern sorgte für ein entsprechendes Ambiente. Ganz zu schweigen von den diversen Köstlichkeiten, die mit viel Aufwand angerichtet waren.

„Dass eines schon mal klar ist", machte Martina deutlich, „du fährst heute nicht mehr nach Hause. Dein Badewasser hast du hoffentlich noch abgestellt, oder?" Spätestens jetzt war das Eis gebrochen, und alle bekamen bei diesen Worten einen Lachkrampf. „Du kannst heute Nacht mit zu mir kommen, und den morgigen Tag geben wir dir frei. Deine Heinzelmännchen schmeißen den Laden."

Vergessen war für Carmen der Ärger und voller Rührung nahm sie zur Kenntnis, welche Mühen ihre Mitarbeiterinnen ihretwegen auf sich genommen hatten. Die Überraschung war ihnen wirklich gelungen. Den Abend verbrachten die fünf Frauen in ausgelassener Stimmung und verspeisten alles bis auf den letzten Happen, was in völligem Gegensatz zu ihren sonstigen Ängsten vor einer Gewichtszunahme stand. Erst zu vorgerückter Stunde hatte sich Carmen schließlich doch einen Ruck gegeben und mit einem gespielten Befehlston verkündet: „Mädels, jetzt lasst es mal gut sein. Ihr habt morgen pünktlich auf der Arbeit zu erscheinen, denn ihr wollt doch keinen Ärger mit eurem Chef haben, oder?"

Ein Hausboot in der Camargue

„Herr Ober, bringen Sie uns bitte noch zwei Pils?"

„Gerne", antwortet dieser kurz und eilt weiter.

„Wo waren wir stehen geblieben? Ach ja, dass ihr noch einen Termin mit einem Dekorateur machen wollt. Aber sonst hat alles mit dem Umzug so weit geklappt, oder?", fragt Hans.

„Es hätte nicht besser laufen können. Das Unternehmen hatte alles prima im Griff. Überhaupt muss ich mich noch einmal bei dir bedanken für das gute Wort, das du für mich beim Vorarbeiter eingelegt hast. Ohne deine Empfehlung hätte ich die Stelle wohl nicht bekommen", meint Stefan und tätschelt dabei liebevoll die Schulter seiner Frau.

Marlies kann ihm da nur beipflichten und ist froh, dass der befürchtete Abstieg in die Arbeitslosigkeit damit der Vergangenheit angehört: „Es ist einfach schön hier in diesem mittelalterlichen Örtchen, und wir haben uns in den paar Tagen auch schon gut eingelebt."

Renate, die bisher kaum etwas gesagt hat, meldet sich jetzt auch zu Wort: „Und wie kommt eure Tochter damit klar? Immerhin hatte Hamburg einiges mehr zu bieten."

„Um ehrlich zu sein", antwortet ihr Marlies, „ist sie die Einzige, die von einem Umzug nicht begeistert war. Aber das wird sich schon geben, wenn sie erst einige Freunde in der neuen Umgebung gefunden hat. Sie tut sich ein wenig schwer damit und jammert, dass sie hier niemanden kennt."

Der Kellner nähert sich dem Tisch, der hinten in einer gemütlichen Ecke des Biergartens steht. Wo sonst häufig nur Sonnenschirme aufgespannt werden können, sorgt hier ein alter Baumbestand für ausreichend Schattenplätze: „Bitte sehr, die beiden Pils. Darf es für die Damen noch ein Wein sein?", fragt er freundlich lächelnd.

Nachdem Marlies nur einen kurzen, fragenden Blick auf Renate geworfen hat, nickt sie dem jungen Mann zu: „Gerne, bringen Sie uns noch ein Glas von diesem italienischen Weißen." Und zu den anderen meint sie: „Der Wein passt einfach richtig gut zu den milden Temperaturen des heutigen Abends, und zusammen mit den Kübelpflanzen hier im Garten erinnert er mich an einen früheren Urlaub am Gardasee."

Hans erhebt sein Glas: „Auf unsere Freundschaft – zum Wohl!" Nach einem erfrischenden Zug von seinem Pils nimmt er den Gesprächsfaden wieder auf: „Also, wenn ihr mich fragt, dann geht es den jungen Leuten heute manchmal zu gut. Haben sich eure Eltern etwa darüber Gedanken gemacht, wie es euch als Kind erging? Oder wenn ich noch etwas weiter zurückdenke: Mein Urgroßvater kam irgendwann nach 1900 als kleines Kind mit der ganzen Familie aus Ungarn, weil die immer stärker expandierenden Bergwerke durch die Nordwanderung des Bergbaus einen extrem hohen Bedarf an Arbeitskräften hatten, der dringend bedient werden musste. Könnt ihr euch vorstellen, was das für die Auswanderer damals bedeutet hat? Du kommst hierher, in ein fremdes Land und verstehst kein Wort."

„Ja aber", meint Renate zu ihrem Mann, „das war doch etwas ganz anderes."

„Nein, lass mal", meint Marlies, „Hans hat schon recht mit dem, was er sagt. Warum soll das etwas anderes gewesen sein? Wir fühlen uns hier nicht als Fremde und wohnen jetzt lediglich ein paar Kilometer von Hamburg entfernt. Große Veränderungen bringt das für uns nicht mit sich. Alles ist uns vertraut, und wir müssen uns in keiner Weise umstellen. Aber für die Menschen damals muss das alles richtig beängstigend gewesen sein. Sie hatten keine Ahnung davon, was sie hier erwartet hat, denn es gab ja noch kein Fernsehen, und ans Internet war erst recht nicht zu denken. Was wussten sie schon von dem Land, das ihre neue Heimat werden sollte? Einen völlig anderen Menschenschlag trafen sie hier in der Fremde an, veränderten Essgewohnheiten sahen sie sich gegenüber, sie mussten sich klimatischen Veränderungen anpassen und waren gezwungen, gezwungen sage ich euch, unsere Sprache irgendwie zu lernen."

Alle sind so in das Gespräch vertieft, dass sie den Kellner gar nicht bemerkt haben, der alle Hände voll zu tun hat und ihnen den Wein serviert: „Ist das heute nicht ein herrliches Wetter? Hoffentlich hält es sich, denn morgen habe ich meinen freien Tag. Lassen Sie es sich schmecken. Wenn ich noch etwas für Sie tun kann, Sie wissen ja, ein Wink genügt."

Schon ist er wieder verschwunden, und Marlies greift zu ihrem vollen Glas: „Ich muss schon sagen, dass die hier für ein Ausflugslokal einen echt guten Wein haben."

„Nicht nur der Wein ist gut, unser Bier ist richtig süffig, nicht wahr Hans? Aber was ich sagen wollte. Du hast gerade etwas ganz Wichtiges angesprochen, mein Schatz", ergreift Stefan das Wort, „ich weiß zum Beispiel, dass es zumindest in den vielen Hüttenwerken sogenannte Paten gab. Meine Eltern haben mir viel von den Gastarbeitern damals erzählt, die durch die Anwerbeabkommen unserer Bundesregierung ab den 1960er Jahren mit anderen Staaten geschlossen wurden. Zu der Zeit beschäftigte die aufstrebende Stahlindustrie viele Gastarbeiter aus Griechenland, Spanien, Türkei, Portugal, dem damaligen Jugoslawien und was weiß ich nicht noch woher. Wegen der teils gefährlichen Arbeiten haben ihnen diese Paten wenigstens das wichtigste über den Unfallschutz in ihre Landessprache übersetzt."

„Aber das sind ja die Länder, aus denen auch heute wieder Fachkräfte zu uns kommen, weil sie in ihrem Land keine Arbeit finden", stellt Renate fest.

„Ja", meint Hans gedankenverloren, „so schließt sich der Kreis wieder. Das sind die neuen Gastarbeiter, und ich habe erst kürzlich in einer Zeitung einen Bericht darüber gelesen, dass es in Deutschland eine steigende Zahl von Erwerbstätigen aus Spanien, Italien, Griechenland und Portugal gibt. Nur haben diese den früheren Auswanderern gegenüber entscheidende Vorteile. Sie können sich oftmals zumindest in englischer Sprache etwas verständigen und behalten Kontakt zu ihren Landsleuten. Um auf meinen Urgroßvater zurückzukommen: Ich schätze mal, dass sich um den niemand geschert hat, weil jeder mit seinen eigenen Problemen beschäftigt war. Da dürfte der Umzug für eure Tochter wohl nicht das schlimmste sein, was ihr in ihrem Leben passieren kann. Um solche Kleinigkeiten wird viel zu viel Wind gemacht. Wenn es etwas Neues zu entdecken gibt, macht man auch immer einen Schritt nach vorne. Man reift gewissermaßen daran und gewinnt an

Selbstsicherheit. Soll sie den Umzug doch positiv sehen und froh sein, etwas Neues zu entdecken, das Ganze als kleines Abenteuer verbuchen. Kinder passen sich im Übrigen allem Fremden schneller und besser an als Erwachsene."

„Das stimmt", unterbricht Renate den Redefluss ihres Mannes. „Als wir vor Jahren mit unserem Carsten Urlaub in einem Ferienclub gemacht haben, hat er dort gerne bei der Kinderanimation mitgemacht, obwohl einige Kinder kein Wort deutsch sprechen konnten. Die Kleinen gehen ja auch ganz natürlich mit Behinderten um, während die meisten Erwachsenen peinlich berührt sind und ihnen nur bedauernswerte Blicke zuwerfen. Ich finde es sehr bedauerlich, dass sich besonders einige Frauen keine Mühe geben, unsere Sprache zu erlernen. Wenn ich durch manche Viertel gehe, habe ich das Gefühl, gar nicht mehr im eigenen Land zu sein. Untereinander unterhalten sie sich häufig in ihrer Muttersprache und reden auch so mit ihren Kindern. Von einer Nachbarin weiß ich, dass in der Schulklasse ihres Sohnes ein großer Teil der Kinder einen Migrationshintergrund hat, und sie nur über einen kleinen Wortschatz verfügen. Da ist es verständlich, dass sie mit den Defiziten Sprachschwierigkeiten haben, wodurch ihnen Chancen entgehen."

„Ich finde, das reicht jetzt, oder meint ihr nicht?", fragt Stefan in die Runde. „Wir müssen ja nicht den ganzen Abend ein so ernstes Thema wälzen. Durch den Umzug haben wir in diesem Sommer leider keine Reise machen können. Aber ich hätte Lust, in den Herbstferien noch so für zehn Tage etwas zu unternehmen. Es soll da so schicke Hausboote mit Klimaanlage, DVD-Player und allem Schnickschnack zu mieten geben, mit gründlicher Einweisung versteht sich. Meinetwegen gerne in Frankreich. Die Camargue soll landschaftlich sehr reizvoll sein. Das wäre doch etwas, wir alle zusammen. Was meint ihr?"

Renate meldet sich als erste zu Wort: „Ein Hausboot? Wir haben bisher immer nur Urlaub in einem Hotel gemacht. Da weiß man wenigstens, was einen erwartet. Ich weiß nicht..." Verstohlen blickt sie zu Hans und fragt: „Was meinst du?"

„Ja also, so etwas kenne ich auch nicht. Ich meine, man kennt sich ja gar nicht mit so etwas aus. Bisher waren wir immer nur für uns alleine. Da müsste man sich erst einmal an etwas völlig Neues und Fremdes gewöhnen. Und dann – gibt es da nicht Schleusen und so? Ist das nicht gefährlich? Wer weiß, was uns da erwartet?"

Einen Augenblick sagt keiner mehr etwas. Die Blicke wandern hin und her. Dann muss Marlies lachen und alle drehen sich fragend in ihre Richtung. „Entschuldige", prustet sie los, „das sagst ausgerechnet du! Hast du mir vorhin nicht versucht klar zu machen, dass man immer einen Schritt nach vorne macht, wenn man Neues entdecken kann? Dass man daran reift und an Selbstsicherheit gewinnt? Sieh die Bootsfahrt als ein kleines, positives Abenteuer."

Erst sieht sie Hans mit großen Augen an, doch nach kurzem Zögern muss er auch lachen und fügt anerkennend hinzu: „Jetzt hast du mich aber mit meinen eigenen Waffen geschlagen. Wir sind natürlich dabei! Wann soll es losgehen?"

Zufrieden trotz ärmlicher Verhältnisse

Der Samstag war immer ein besonderer Tag, auf den wir Kinder uns gefreut haben. Denn dann kamen unsere Großeltern, zwei Omas und zwei Opas, zu Besuch. Und zwar zum Baden! Für meine erwachsenen Kinder ist es heute selbstverständlich, morgens als erstes unter die Dusche zu springen, und wenn ich ihnen aus meiner Kindheit erzähle, sehen sie mich ganz ungläubig an. Kaum ein Haushalt besaß ein Telefon, das hatten allenfalls Angestellte in höherer, leitender Position. Und ein Badezimmer mit eigener Toilette und Badewanne war Luxus. So war es zur damaligen Zeit ganz normal, wenn sowohl die Eltern meiner Mutter, als auch die meines Vaters kein Badezimmer besaßen. Mein Vater hatte das Glück, als Bergmann auf der Zeche Hugo in Buer eine für die damaligen Verhältnisse moderne Wohnung mit Bad ganz in der Nähe der Schachtanlage zu bekommen. Ich kann mich noch genau daran erinnern, dass ein großer, runder Heizkessel zum Erwärmen des Wassers im Badezimmer stand, der bei Bedarf ordentlich befeuert werden musste. Dann wurde reihum gebadet, und für den nächsten hat man oft nur heißes Wasser zulaufen lassen. Anschließend haben wir es uns alle im Wohnzimmer gemütlich gemacht. Meine Schwester und ich durften an diesen Samstagen immer etwas länger aufbleiben, bevor wir ohne Widerrede ins Bett mussten. Besonders im Winter haben wir uns nicht auf den Übergang vom kuschelig warmen Wohnzimmer ins eiskalte Schlafzimmer gefreut, das natürlich unbeheizt war und dessen Fensterscheiben Eisblumen schmückten. Aber Mutter hat uns das Bett so gut wie möglich vorgewärmt, indem sie zwei Wärmflaschen unter die Oberbetten gelegt hat. Meine Schwester und ich sind dann in der Mitte des Doppelbettes, wo aufgerollte Decken in die Lücke zwischen die Matratzen gedrückt wurden, zusammengerückt, denn meine Eltern mussten später im gleichen Bett Platz finden.

Zumindest in meiner Erinnerung hatten die Winter in meiner Kindheit noch zu Recht die Bezeichnung Winter getragen. Wenn es geschneit hat, blieb der Schnee über Wochen liegen, und ich liebte die gedämpften Geräusche, wenn der Schnee den Schall schluckte. Beide Großeltern wohnten nicht weit von unserer Wohnung entfernt, und wenn wir sie besuchen wollten, haben uns die Eltern auf einem Schlitten gezogen. Autos gab es nur sehr wenige, und deshalb ist wohl auch auf den Straßen noch nicht so viel Schnee geräumt und Salz gestreut worden, wie das heute der Fall ist. Wenn mein Vater nicht zur Arbeit musste, sind wir zum Rodeln bis nach Schloss Berge gelaufen. Vom Ehrenmal konnte man einen langen Hang bis hinunter zum Berger See sausen, was sich sogar Erwachsene nicht nehmen ließen. Aber auch direkt vor unserem Haus konnten wir die gesamte Breite der Straße zum Spielen nutzen und Schneemänner bauen. Die Straße endete in einer Sackgasse, so dass nur ganz selten ein Auto vorbei fuhr. Wir haben wunderbar lange Schlinderbahnen gemacht, die lediglich von Neuschnee überdeckt wurden. Kinder gab es genug in unserer Siedlung, und wir haben uns ohne eine heutzutage übliche Verabredung einfach draußen zusammen gefunden. Der Schnee wurde etwas festgetreten und auf diese Weise ein erstes kleines Stück für den ersten Rutsch vorbereitet. Wir Kinder wechselten uns untereinander ab, nahmen ordentlich Anlauf, und von mal zu mal wurde die Bahn glatter und länger.

Spätestens mit Einbruch der Dunkelheit wurden alle Nachbarskinder von den Eltern ins Haus gerufen. Die Wohnungen bestanden in der Regel nur aus zweieinhalb Zimmern, was bedeutete, dass ein Kinderzimmer die große Ausnahme war. Da auch wir nicht über einen zusätzlichen Raum verfügten, durfte ich mir nur ganz selten eine Freundin zum Spielen einladen. Die Mutter erlaubte es nur, wenn es tagelang geregnet hat. So habe ich häufig entweder alleine, oder mit meiner Schwester zusammen mit Legosteinen gebaut. Wenn unsere Mutter etwas Zeit hatte, haben wir zu dritt Halma gespielt oder für die bevorstehende Advents- und Weihnachtszeit gebastelt. Aus echten Strohhalmen haben wir Sterne für den Christbaum gefertigt. Um Farbeffekte zu erhalten, wurden die aufgetrennten Strohhalme kurz mit einem Bügeleisen erhitzt, was aber nur meine Mutter machen durfte. Natürlich haben wir auch Weihnachtsplätzchen gebacken, die wir mit Schokolade oder Eigelb bestrichen haben. Oder ich habe mit meiner Mutter zusammen Lieder auf der Blockflöte gespielt. Ordensschwestern haben mich im Kindergarten schon ganz früh die Noten gelehrt, und es hat sich immer schön angehört, wenn meine Mutter die zweite Stimme dazu gespielt hat. Einen Fernseher besaßen meine Eltern zwar auch schon, aber in meiner Kindheit wurde noch nicht rund um die Uhr ein Programm ausgestrahlt. Überhaupt gab es nur einen einzigen

Fernsehsender, und ich kann mich nur an wenige Momente erinnern, in denen er eingeschaltet war.

Als dann endlich der Frühling mit milden Temperaturen den Winter vertrieben hatte, wollte ich endlich die neuen Rollschuhe ausprobieren, die mir das Christkind gebracht hatte. Natürlich wusste ich mit meinen fünf Jahren schon, dass meine Eltern die Geschenke kaufen mussten. Bisher hatte ich nur einen Tretroller, für den ich mich aber schon zu alt fühlte. Gerne hätte ich ein Fahrrad gehabt, wozu meinen Eltern allerdings das Geld fehlte. Die ersten Versuche auf den Rollschuhen waren mehr als unbeholfen, und ich war froh, wenn meine Mutter etwas Zeit erübrigen konnte, um mich zu stützen. Natürlich gab es Rückschläge und aufgeschrammte Knie, aber mein Ehrgeiz hat dafür gesorgt, dass ich mich auf den Rollen nach wenigen Tagen sicher fühlte. So waren wir Kinder damals viel draußen an der frischen Luft und sind Rollschuh gefahren, haben mit mehreren Bällen gegen Hauswände jongliert, sind Seilchen gesprungen oder haben Gummitwist gespielt. Hinkelkästen haben wir uns natürlich auch gezeichnet, wenn wir eine Tonscherbe als Ersatz für Kreide finden konnten. Ganz prima ging das Hinkeln mit einer leeren Schuhcremedose, die wir mit Sand gefüllt haben. Ansonsten mussten wir uns einen geeigneten Stein suchen und mit ihm Vorlieb nehmen. Was aber immer gut ankam, war Verstecken spielen. Dieses Spiel konnte beliebig abgewandelt werden, und wir brauchten nichts dazu.

Im Sommer haben sich meine Eltern etwas ganz Besonderes gegönnt und einen lang gehegten Wunsch erfüllt, für den sie sicher lange sparen mussten. Der Kirchenchor, in den meine Mutter schon als junges Mädchen eingetreten war, bot eine Fahrt nach Rimini an. Meine Schwester und ich konnten uns unter einem Urlaub noch gar nichts vorstellen. Wir wussten nur, dass wir für zwei Wochen bei unseren Großeltern bleiben sollten. Die erste Woche haben wir bei den Eltern unserer Mutter verbracht, die aus ihrer schlesischen Heimat vertrieben wurden und zunächst bei Verwandten in Scholven untergekommen waren. Sie wohnten in einem ganz alten Haus, das nur ganz kleine Fenster hatte. Über viele Holztreppen gelangte man in die oberste Wohnung unter dem Dach. Wer im Dunkeln nach Hause kam, musste mit der Taschenlampe die Stufen ausleuchten, denn es gab kein Licht im Hausflur. In der Dachwohnung war es in den Sommermonaten ganz schön warm. Zumindest Oma stöhnte über die Hitze, die sie nur sehr schwer ertragen konnte und hatte viel geschwitzt. Sie war immer froh darüber, wenn ich bei ihr zu Besuch war, denn ich habe ihr gerne bei der Arbeit geholfen. Während Oma mit einem Bohnerbesen das Linoleum glänzend putzen musste und anschließend ganz erschöpft war, hat mir diese Arbeit Spaß gemacht. Oma hat mir anstelle meiner Pantoffeln alte Laken um die Füße gebunden, mit denen ich dann in der Küche und im Flur „Schlittschuhe fahren" durfte, wie ich es nannte.

Die Toilette befand sich eine Etage tiefer und um mir meine Hände zu waschen, musste ich in die Küche zum einzigen Waschbecken in der Wohnung. Für die Nacht stellte Oma einen Eimer auf den Dachboden, denn der Weg durch den Hausflur zur Toilette war nicht beleuchtet. Dort stand auch die Waschmaschine, auf die meine Oma so stolz war. Endlich musste sie die Wäsche nicht mehr mit der Hand auf einem Scheuerbrett sauber waschen. Mich faszinierte die dampfende Wäsche, die Oma mit einer Holzzange aus dem kochendheißen Wasser zog und über einer Presse auswringen konnte. Ich wollte die Kurbel auch immer wieder ausprobieren, aber es hat nie geklappt, weil es viel zu anstrengend war, und ich musste lachend aufgeben.

Mein Opa hat als Zimmermann auf dem Bau gearbeitet und musste morgens ganz zeitig aufbrechen. Deshalb wurden seine Butterbrote schon abends geschmiert und in seine Arbeitstasche gepackt. Dabei habe ich gerne geholfen und Opa hat behauptet, dass die Brote ihm viel besser schmecken würden, wenn ich sie zubereitet habe. Oma hat für ihn Kaffee gekocht, den sie in eine Thermosflasche gefüllt hat. Wenn ihr Mann am Nachmittag von der Arbeit kam, war er jedes Mal so erschöpft, dass er sich erst einmal in den Sessel setzen und ausruhen musste. Oma hat ihm jeden Tag Haferbrei gekocht, den er aus einer großen Tasse getrunken hat. Es musste unbedingt ein „Stich gute Butter" dazu, sonst würde er nicht schmecken. Ich mochte diesen Brei sowieso nie, aber Opa wollte darauf nicht verzichten. Erst, nachdem er sich von der schweren Arbeit etwas erholt hatte, kam er in die Küche und hat mit uns zu Abend gegessen, das aus einem warmen Essen bestand, weil Oma mittags nicht ohne ihren Mann essen wollte.

Meinem Opa wollte ich an einem der Tage einen Streich spielen und habe dazu in einem unbeobachteten Moment kleine Püppchen in die fertige Suppe gegeben. Damals konnte man an den Buden Lutscher in verschiedenen Geschmacksrichtungen kaufen, die die Form eines Kegels hatten. Anstelle eines üblichen Stils aus gepresster Pappe wurden dazu kleine rosa Püppchen, wie ich sie nannte, aus Kunststoff verwendet. Nachdem von den Lutschern nur noch die Püppchen übrig blieben, und ich einige gesammelt hatte, habe ich die einfach in die Suppe gegeben. So musste auch auf dem Teller meines Opas mindestens eines dieser Püppchen landen, und ich konnte selbst kaum von meiner Suppe löffeln, weil ich ganz erwartungsvoll auf meinen Opa schielte. Wie ein „Honigkuchenpferd" habe ich mich gefreut, als er völlig ratlos etwas aus seinem Mund zog, was offensichtlich nicht ins Essen gehörte.

Aber zu meinem Opa könnte ich noch so vieles erzählen: Beispielsweise gab es jeden Sonntag bei meiner Oma eine Vorsuppe. In Erwartung dessen, was in wenigen Augenblicken wieder passieren wird, hat sie ihre Warnung: „Vorsicht, die Suppe ist heiß!", mit Blick auf ihren Mann ausgesprochen. Aber da war es schon zu spät und „Vatel", wie sie ihn nannte, hat sich schon wieder an der heißen Suppe verbrannt. Und das gleiche Spiel hat sich mit der Brühe aus in heißem Wasser aufgelösten Instantwürfeln wiederholt, die es oft an den Abenden zu trinken gab. Denn auch daran hat er sich immer wieder seinen Mund verbrannt und laut fluchend mit der Faust auf den Tisch geschlagen. Was sein Schaden war, war meine Freude, weil er sich das keinen Tag merken konnte.

Nach der Hälfte der Zeit, die meine Eltern in Italien verbracht hatten, kamen meine Schwester und ich zu den Eltern meines Vaters. Zwischen den Wohnungen der beiden Großeltern war das lediglich ein Fußmarsch von fünf Minuten. Mein Opa kam als kleiner Junge mit seinen Eltern und Geschwistern aus Ungarn ins Ruhrgebiet, weil ihnen hier eine Arbeit im Bergbau versprochen wurde. So hat nicht nur mein Vater auf der Zeche Hugo gearbeitet, sondern auch schon mein Opa und zuvor sein Vater, mein Uropa. Ganz in der Nähe des Bergwerkes bewohnten meine Großeltern ein Zechenhaus in der Schüngelbergsiedlung, und wenn Oma einkaufen wollte, musste sie nur auf die gegenüberliegende Straßenseite gehen. Im Konsum und auch beim Metzger kannte man sie gut und nur, wenn sie neue Kleidung brauchte, ist sie nach Buer in die Stadt gegangen.

Als mein Vater noch ein kleiner Junge war, musste er auf ein Plumpsklo, das draußen in dem Stall hinter dem Wohnhaus war. Im Winter war es da fürchterlich kalt. Aber die Menschen kannten das früher nicht anders. Alle Häuser auf der Straße hatten nach hinten einen kleinen Hof und einen großen Garten, der allerdings vom Stall verdeckt war und den man somit von der Straße aus nicht sehen konnte. Mein Opa hat irgendwann in Eigenleistung eine Toilette an die Wohnung gebaut, aber mit dem Komfort, den heute jedes Gäste-WC bietet, hatte das keine Ähnlichkeit. In dem nur einen Quadratmeter großen Anbau hat es immer durch viele Ritzen gezogen, und im Winter war es schrecklich kalt. Trotzdem war ich froh, dass ich nicht mehr zum Austreten in einen Stall musste.

Wegen einer Beeinträchtigung durch Steinstaub wurde mein Opa schon frühzeitig Invalide und hat zum Zeitvertreib Kaninchen gezüchtet. Der Stall, aus dem das Plumpsklo entfernt werden konnte, diente nunmehr seinen Kaninchen als Unterkunft. Wenn ich zu Besuch war, durfte ich die putzigen Tierchen füttern. Sie bekamen frisches Wasser, getrocknetes Brot, Fertigfutter oder auch abgekochte Kartoffelschalen. So lange ich mich erinnern kann, hat sich Oma über den Gestank beim Abkochen aufgeregt, aber Opa hat sich gar nicht daran gestört. Ihn hat es auch nicht interessiert, dass sie mit ihm wegen seines Zigarettenkonsums geschimpft hat. Obwohl er durch seine Krankheit sowieso schon schlecht Luft bekam, hat er bis zu seinem Tod auf seine Rothändle nicht verzichtet.

Seine Kaninchen hat er jedes Jahr zu Ausstellungen gebracht und viele Preise mit den Züchtungen erzielt. Er gehörte auch einem Verein an, deren Mitglieder sich regelmäßig getroffen haben. Zu Ostern wurde mindestens eines der Kaninchen geschlachtet. Aber das hat mein Opa nie selbst gemacht. Er hätte das nicht übers Herz bringen können, weil er ja die Tiere eigenhändig groß gezogen hat. Sein Sohn, der Bruder meines Vaters, hat das übernommen, und meine Oma hat uns dann zum Essen eingeladen.

In der Zeit des Urlaubs meiner Eltern mussten sich meine Großeltern zum Baden mit einer Zinkwanne, die in der Küche aufgestellt wurde, behelfen. Überhaupt hat sich das tägliche Leben praktisch nur in der Wohnküche abgespielt. Es gab neben dem Schlafraum meiner Großeltern nur noch ein kleines Zimmerchen, in dem wir Kinder auf einem Sofa schlafen konnten. Zu den Geburtstagen haben kaum alle einen Platz in der kleinen Wohnung finden können, aber es ging irgendwie immer und man ist zusammengerückt. Wenn meine Großeltern aus dem Keller die schwere Wanne in die Küche schleppten, mussten wir Kinder so lange auf dem Hof warten, bis sie gebadet waren. Schon vorher haben wir darum gebettelt, dass sie uns die Wanne später in den Hof tragen, was sie dann auch gemacht haben. Bei den sommerlichen Temperaturen durften wir Kinder dann draußen planschen. Obwohl meine Schwester und ich schon Badeanzüge besessen haben müssen, denn ich kann mich an Besuche im Hallenbad in Buer erinnern, das in einem abgeteilten Raum sogar ein extra Becken für Nichtschwimmer hatte, wurden wir von Oma auf ganz eigene Weise für das Planschvergnügen ausgestattet. Nackig wollte sie uns nicht in den Hof lassen, auch wenn uns eigentlich niemand hätte sehen können. Deshalb hat sie mir einen ihrer Schlüpfer gegeben, der mir fast bis unter die Achseln reichte und der mit einem Band festgebunden wurde. Allein das war schon so etwas Besonderes, dass ich mich auf diese Abwechslung freute.

So schön die Zeit bei den Großeltern auch war, so schön war es, als meine Eltern aus dem Urlaub zurückkehrten. Erst habe ich sie gar nicht erkannt, weil sie so braun gebrannt waren. Sie haben mir von einem großen Meer, von der Adria, vorgeschwärmt, und ich wollte wissen, ob das Meer noch größer als der Berger See ist. Aus heutiger Sicht klingt das natürlich reichlich naiv, denn der Berger See ist eigentlich auch nicht mehr als eine größere Pfütze, der an einem alten Schloss angelegt wurde und auf dem im Sommer einige Ruderboote fahren. Aber meine Vorstellungskraft ging einfach nicht über die Größe dieses Sees hinaus. Da mein Vater nach der Rückkehr aus dem ersten Urlaub seines Lebens sofort wieder arbeiten musste, wollte meine Mutter mit uns beiden Kindern das schöne Wetter nutzen und mit uns in ein Freibad fahren. Darunter konnte ich mir natürlich auch nichts vorstellen und war darauf ganz gespannt. Buer hatte zwar ein eigenes Hallenbad, aber kein Freibad. Dazu mussten wir mit der Straßenbahn über Horst bis nach Gladbeck fahren. Da der Ausflug durch die Bahnfahrt und den Eintritt ins Freibad schon kostspielig genug war, hat meine Mutter am Tag zuvor einen Kartoffelsalat zubereitet und ein paar Waffeln gebacken. Auf der großen Wiese haben wir eine Decke ausgebreitet und das mitgebrachte Essen verzehrt. Nirgendwo hat der Salat so gut geschmeckt wie auf der Decke und auch die Waffeln schmeckten besser als zu Hause!

Aber auch dieser letzte Sommer vor meiner Einschulung im folgenden Frühjahr neigte sich dem Ende. Und wieder mussten die langen Winterabende durch eine Beschäftigung ausgefüllt werden. Wenn es auch in meiner Kindheit nicht viel Spielzeuge gab, für das wir im Übrigen nicht einmal den nötigen Platz zum Verstauen gehabt hätten, so war doch gerade deshalb unsere Kreativität gefordert. Die Aufgaben und Beschäftigungen haben uns ausgefüllt, und meistens wussten wir schon, was wir am nächsten Tag machen wollen. Die Langeweile und Unzufriedenheit, die heute bei vielen Kindern trotz ihrer unzähligen Spielsachen aufkommt, kannten wir nicht. Wir mussten in ärmlichen Verhältnissen leben, waren aber zufrieden!

Spaziergang über das Hintere Dammkar

In rund sieben Minuten brachte die Karwendelbahn die Fahrgäste von der Talstation in Mittenwald auf eine Höhe von 2244 Metern zur Bergstation. Mit dabei waren Kira und Jörg, die erst vor drei Jahren ihre Liebe zu den Bergen entdeckt hatten und sich langsam an anspruchsvollere Touren wagten. Nachdem alle Urlauber die Gondel verlassen hatten, orientierten sie sich zunächst an den Hinweisschildern. Ihr Weg sollte sie über das Hintere Dammkar zur Schutzhütte und zurück über den Ochsenboden nach Mittenwald führen.

„Das sieht ja heftig aus", sagte Kira beim Anblick der schroffen Felswände. Als sie sich dem in einem weitem Bogen kesselförmig erstreckenden Kar näherten, äußerte sie sich mehr feststellend als fragend: „Und DA müssen wir jetzt durch?!"

Auch für ihren Mann war die Begehung eines Kars eine neue Erfahrung, und ein wenig mulmig war ihm schon zumute, als er den nur wenige Zentimeter breiten Pfad inmitten des hellgrauen Schotters sah. Beide stellten jedoch schon nach kurzer Zeit fest, dass es schlimmer aussah, als es in Wirklichkeit war. Wenn sie sich umschauen wollten, blieben sie einen Moment stehen, und ansonsten mussten sie nur trittsicher einen Fuß vor den anderen setzen, weil es immerhin beachtlich in die Tiefe ging. Rasten konnten sie während der Durchquerung des Kars nicht, und so hofften sie auf ein geeignetes Plätzchen am Ende des Pfades. Ihre Hoffnungen wurden belohnt, denn auf einem begradigten Platz standen zwei Holzbänke, die eine grandiose Aussicht boten. Nur eine ältere Frau saß dort.

Wie gut, dass sie an alles gedacht hatten: In den Rucksäcken waren Brote, Obst, Gemüse, Tee und Mineralwasser. Kira musterte schon eine Weile die Frau. Es war ihr ein Rätsel, wie sie es überhaupt bis hierher geschafft hatte. Anstelle vernünftiger Bergschuhe trug sie lediglich Sportschuhe, die sicher kein geeignetes Schuhwerk für dieses Gelände waren.

Ihrem Mann flüsterte Kira ins Ohr: „Da brauchen wir uns nicht zu wundern, wenn immer wieder von abgestürzten Bergwanderern ohne entsprechende Ausrüstung die Rede ist. So eine Unvernunft. Hast du ihre Schuhe gesehen? Sie scheint auch kaum Verpflegung in dem kleinen Rucksack zu haben. Ich biete ihr mal etwas zu trinken an."

„Musst du dich immer in alles einmischen? Lass sie doch in Ruhe. Was geht uns das an?", entgegnete Jörg schroff.

Aber Kira hatte sich schon längst anders entschieden: „Geht es Ihnen gut? Möchten Sie etwas trinken?"

Die Frau, die ein im Nacken gebundenes Kopftuch trug, drehte sich um und antwortete freundlich: „Ja, sehr gerne. Das wäre nett. Aber nur, wenn Sie genug dabei haben. Ich will Ihnen nichts wegnehmen."

Kira reichte ihr sofort eine Flasche Wasser und versicherte ihr, dass sie selbst bestimmt genug dabei hätten. Nachdem die nach Ansicht von Jörg und Kira leichtsinnige Frau einen Schluck getrunken hatte, gab sie zu: „Ich habe mir nur einen Apfel mitgenommen. Aber ein Schluck Wasser tut doch gut."

Jörg und Kira machten schnell noch ein paar Fotos, dann sollte es weiter gehen. Kira stellte fast schon bestimmend zu der Frau fest: „Sie beabsichtigen sicher, nicht weiter zu gehen und zur Bergstation umzukehren." Denn auf ihrer weiteren Route soll es einige Kletterpassagen geben, für die richtige Bergschuhe eine Voraussetzung sind.

„Nein, ich mache hier meine Runde und gehe jetzt weiter zur Damkarhütte. Da wollen Sie doch sicher auch hin, oder?"

Kira glaubte ihren Ohren nicht zu trauen und sagte entsetzt: „Aber doch nicht mit diesen Turnschuhen. Das ist ja total unvernünftig."

Augenblicklich bereute sie ihr loses Mundwerk. Der Vorwurf war ihr leider herausgerutscht und ließ sich nun nicht mehr zurücknehmen. Andererseits war es die Wahrheit und vielleicht konnte sie die Frau damit vor einem Unglück bewahren.

„Ach Kindchen, das hier ist doch nur ein Spaziergang. Wie ich sehe, tragt ihr ordentliche Bergschuhe, wogegen auch nichts einzuwenden ist. Mir reichen diese Schuhe."

Die Frau gab Kira immer mehr Rätsel auf. Was sollte denn die Bemerkung, dass das hier nur ein Spaziergang ist? Es handelt sich hier um eine Hochgebirgstour, nur scheint sich die Oma darüber nicht im Klaren zu sein. „Für Sie ist das hier ein Spaziergang? Also wir machen zum ersten Mal so etwas Anspruchsvolles. Wir müssen jetzt weiter und wünschen Ihnen alles Gute!"

„Danke. Euch einen schönen Tag. Ihr seid ja noch jung und werdet viel schneller an der Talstation ankommen."

Mit dieser Vermutung lag sie allerdings falsch, denn sie folgte den beiden mühelos mit geringem Abstand. Wenn Kira dafür schon keine Erklärung fand, wunderte sie sich noch mehr, als sie hinter sich die Stimme der Frau vernahm: „Kindchen, du musst dir immer einen festen Stein suchen und darauf treten. Dann hast du einen besseren Halt." Und als sie wenig später eine kurze Verschnaufpause einlegten, wurde Kira darüber belehrt, dass sie ihren Wanderstock nicht richtig benutzen würde. „Zeig mal her!", bat die ältere Frau und schüttelte sofort den Kopf: „Damit kannst du Schwammerln suchen, zu mehr taugt der nicht. Außerdem brauchst du zum Abstützen zwei. Aber gehen wir weiter."

Vorneweg ging Jörg, gefolgt von Kira und einer Frau, die auf das Paar einen zunehmend suspekten Eindruck machte. Jörg stoppte an einer mit Drahtseilen gesicherten Passage, an der sie zum ersten Mal ihre „Kletterkünste" unter Beweis stellen sollten: „Jetzt wird es kritisch", äußerte Jörg mit leichtem Herzklopfen.

Aber die ältere Dame schien ganz ruhig und meinte bestimmt: „Setzt erst einmal eure Rucksäcke ab und gebt sie her."

Beide kamen der Aufforderung, ohne weitere Fragen zu stellen, sofort nach. Erstaunt über das Gewicht der Rucksäcke wollte die Frau, die längst das Kommando übernommen hatte, wissen, was sie alles mit sich herumschleppten. Dieses Mal meldete sich Jörg zu Wort: „Wir packen genügend Verpflegung ein, und weil man im

Hochgebirge immer mit einem Wettersturz rechnen muss, haben wir auch Kleidung zum Wechseln mit. Für alle Fälle, man weiß ja nie."

Ihre Begleiterin konnte sich an dieser Stelle ein Lachen nicht verkneifen: „Für das Hochgebirge trifft das auch uneingeschränkt zu. Aber hier seid ihr gerade einmal auf 2000 Metern und bei einem drohenden Unwetter immer schnell in geschützten Zonen. Ihr müsst euch merken, dass jedes Kilo zu viel unnötig ist. Ein kleiner Rucksack mit etwas zu essen und zu trinken reicht in dieser Höhe völlig aus!"

Nachdem sie wie selbstverständlich die schwierige Passage herunterkletterte und beide Rucksäcke unten abgelegt hatte, kam sie mühelos den beiden jungen Leuten wieder entgegen und meinte zu Jörg: „Gib mir mal deine Kamera. Ich mache von euch ein paar schöne Fotos!" Widerspruchslos kam er der Aufforderung nach. Während Kira sich mit beiden Händen am Drahtseil festhielt und nur langsam einen Fuß vor den anderen setzen konnte, drückte die taffe Dame rückwärts absteigend fortlaufend auf den Auslöser, ohne sich dabei abzustützen oder am Seil festzuhalten. Kira und Jörg war längst klar, dass es sich bei der Frau nicht um eine „Flachlandtirolerin" handeln konnte.

Als alle endlich wieder einen festen Stand hatten, und die jungen Leute dankend ihre Rucksäcke entgegen nahmen, fragte Kira voller Bewunderung: „Wie machen Sie das nur? Sie klettern freihändig vor und zurück wie eine Gams, als würde es Ihnen gar nichts ausmachen."

Die Erklärung, die nun folgte, ließ beide aus dem Staunen nicht mehr herauskommen und für ihr Leben nicht mehr vergessen: „Ich war über Jahre, immer ein paar Monate, als Jugendbetreuerin im Himalaya. So konnte ich mir Träume erfüllen, die mit einer Familie nicht realisierbar gewesen wären. Dieses Frühjahr musste ich mich einer Hüftoperation unterziehen, und ich bin erst kürzlich aus dem Krankenhaus entlassen worden. Für das nächste Jahr habe ich aber schon Pläne gemacht und will wieder nach Nepal. Dafür muss ich fit sein, und so ist das hier heute mein erster Spaziergang zum langsamen Eingewöhnen. Ich bin in Mittenwald geboren und aufgewachsen und kenne hier jeden Stein."

Das mussten sie erst einmal verdauen: Im Himalaya - Hüftoperation - Spaziergang zum Eingewöhnen!

„Wie alt sind Sie, wenn ich fragen darf."

„Was bedeutet schon das Alter? Auch das ist relativ. Ich bin Sechzig – na und? Ihr seid zusammen so alt wie ich. Aber wenn es um die Kondition geht, bin ich die Jüngere."

Ein geheimnisvolles Erlebnis

Müde und abgespannt fuhr Marlies nach Hause. Es war wieder ein langer und anstrengender Arbeitstag geworden. Sie war froh, in der Mittagspause eine warme Mahlzeit zu sich genommen zu haben, denn sie hatte jetzt am Abend wenig Lust und schon gar keine Zeit, sich auch nur für ein einfaches Essen an den Herd zu stellen. Lediglich ein Fertiggericht wäre auf den Tisch gekommen, doch hatte sie das Angenehme mit dem Notwendigen verbinden können, indem sie mit ihrer Arbeitskollegin in ein nahe gelegenes Lokal ging. Bei dieser lockeren Zusammenkunft konnten sie die letzten Details für eine bevorstehende Präsentation durchsprechen und die knapp bemessene und damit kostbare Zeit optimal nutzen.

Jetzt, da sich Marlies auf dem Heimweg befand, freute sie sich auf eine erfrischende Dusche. Um diese Uhrzeit hatte sie meistens freie Fahrt, denn die Autobahnen waren wieder frei vom dichten Berufsverkehr. Sie hasste es und wurde hochgradig nervös, wenn sie im Stau stand oder nur im Schritttempo vorankam. Ihren Wagen fuhr sie direkt in die Garage, schnappte sich ihren Blazer und die Aktenmappe, die sie auf dem Beifahrersitz abgelegt hatte und kramte schon auf dem Weg zur Haustür nach dem Wohnungsschlüssel. Als Marlies die Wohnung betrat, empfing sie nichts als Dunkelheit und Stille, denn seit der schmerzlichen Trennung von Stefan lebte sie wieder als Single. Wie anders war es noch, als er sie schon im Flur empfing und... Aber derlei Gedanken wollte sie nicht näher an sich heranlassen und schob sie schnell beiseite.

Marlies legte ihre Sachen an der Garderobe ab und ging auf direktem Weg ins Bad, wo sie sich entkleidete und unter die Dusche stellte. Als sie gerade den Wasserhahn abdrehen wollte, klingelte ihr Telefon.

Notdürftig wickelte sie sich schnell in ein großes Badetuch und wäre beinahe auf dem Weg ins Wohnzimmer auf den spiegelglatten Fliesen ausgerutscht. Ohne auf das Display zu schauen, griff sie hastig zum Hörer und sagte atemlos: "Ja, Marlies Semper."

"Kind, was ist los? Du klingst schon wieder so abgehetzt."

"Ach Mutter, du bist das. Tut mir leid, aber du rufst zu einem total ungünstigen Zeitpunkt an. Ich komme gerade aus der Dusche und bin noch pladdernass."

"Mit dir ist es auch immer dasselbe. Jetzt rufe ich schon extra so spät an und dachte, du hättest mal etwas Zeit für mich..."

"Mama, so habe ich das doch nicht gemeint. Aber ich habe einen anstrengenden Tag hinter mir und muss gleich noch einen Text überarbeiten."

"Muss das denn sein, dass du noch am späten Abend..."

Weiter ließ Marlies ihre Mutter nicht ausreden und fuhr barsch dazwischen: "Ja, das muss sein!" Und etwas ruhiger und leiser fügte sie hinzu: "Ich muss mich ablenken, und das kann ich am besten, indem ich arbeite."

"Hast du denn immer noch nicht überwunden, dass Stefan mit dieser anderen..., wie heißt sie noch gleich?"

"Darum geht es doch gar nicht. Du hast das bis heute nicht verstanden oder verstehen wollen. Er hat mich betrogen und darüber muss ich erst einmal hinwegkommen."

"Ach Kindchen, nimm es doch nicht so schwer. Die Zeit heilt alle Wunden. Das war schon früher..."

"Jaah, jaah, ich weiß. Nun komm mir nicht wieder mit dieser Leier, dass die Zeit alle Wunden heilt. Ich leide an chronischem Zeitmangel, falls du dir überhaupt etwas darunter vorstellen kannst."

"Das ist doch genau mein Reden. Du arbeitest einfach zu viel und müsstest mal..."

"Was müsste ich mal?" harkte Marlies zunehmend ungeduldiger werdend nach. "Nimm doch endlich einmal zur Kenntnis, dass ich keine Zeit habe, um mich mit einem Buch aufs Sofa zu legen oder meinetwegen auch mal nur einen Film zur Entspannung anzusehen. Ich komme nicht mehr dazu, wie früher einen Spaziergang durch den Wald zu unternehmen, muss ein knappes Zeitfenster für einen Termin beim Friseur nutzen und bekomme über Wochen entschieden zu wenig Schlaf. Verstehst du das, Mutter?"

Ingrid fühlte, dass es jetzt besser war zu schweigen und gab kleinlaut bei: "Liebes, wenn ich etwas für dich tun kann, dann lass es mich bitte wissen."

"Ist schon gut, Mama, ich schaffe das schon."

"Gute Nacht."

"Danke, das wünsche ich dir auch."

Marlies blieb, in ihr Handtuch gewickelt, auf dem Sofa liegen und dachte über ihr Leben nach. Da sie in dem Zimmer noch kein Licht angemacht hatte, fiel nur ein schwacher Lichtschein vom Bad herein. Sie fühlte sich völlig ausgebrannt und leer. Plötzlich hörte sie von weit her eine Stimme ihren Namen rufen. Erschrocken fuhr sie herum und wollte die Richtung lokalisieren, aus der die Rufe kamen. Die Schallwellen schienen sie aus allen Ecken gleichzeitig zu erreichen und sie fürchtete, unter Halluzinationen zu leiden. Ratlos ließ sie ihren Kopf auf ein Sofakissen sinken. Doch da war sie wieder, diese Stimme, die Marlies nicht einordnen konnte. Es wurde ihr langsam unheimlich zumute. Was ging hier vor sich?

Wie von Geisterhand wurde es allmählich im Zimmer heller, wie sie es von einer Animation in der Sternwarte kannte, wenn eine Dämmerung simuliert wurde. Marlies rieb sich ihre Augen und konnte sich keinen Reim auf das machen, was gerade um sie herum geschah. Deutlich nahm sie über sich, frei schwebend, die Konturen einer Gestalt wahr, die den Umrissen eines Engels glichen. So, wie sie sich als Kind die Engel im Himmel vorgestellt hatte, die jedes Jahr für die Weihnachtsbäckerei zuständig waren. Mit goldenem, lockigen Haar und eingehüllt in bodenlange, weiße Kleider, die mit glitzernden Silberfäden durchzogen waren. Natürlich fehlten dem Engel, der sich ihr offenbarte, auch nicht die Flügel, die schließlich erst einen echten Engel auszeichnen. Langsam wich ihre Angst vor dem unbegreiflichen Phänomen, und bevor Marlies realisieren konnte, was ihr widerfuhr, hörte sie das Wesen erklären:

"Ich bin dein Schutzengel, und du hast mich um Hilfe gebeten. Du hättest zu wenig Zeit, wenn ich es richtig verstanden habe, und nun ist es meine Aufgabe, dir zu mehr Zeit zu verhelfen."

Das kann doch nicht wahr sein, dachte Marlies, bin ich jetzt völlig übergeschnappt? Ihre Gedanken überschlugen sich und sie fragte: "Wer bist du, und wie kommst du in meine Wohnung?"

Dabei schoss es ihr wie ein Gedankenblitz durch den Kopf, dass Wände für einen Engel kein Hindernis darstellen können, und wie zu sich selbst sagte sie laut: „Es gibt keine Engel, daran glaube ich schon seit meiner Kindheit nicht mehr."

Umgehend erhielt sie zur Antwort: "Da irrst du dich aber gewaltig, denn wie du siehst, bin ich hier, und es gibt unzählige weitere Himmelsboten, die von euch Menschen auf die Erde pausenlos zu einem Einsatz gerufen werden."

Marlies blickte völlig außer sich auf den über ihrem Kopf schwebenden Engel, der mit lieblicher Stimme weiter sprach: "Wir zeigen uns nur selten, da uns bekannt ist, dass unsere Erscheinung euch Menschen nur unnötig verwirrt. Auch können wir nicht alle Menschen besuchen, die unserer Hilfe bedürfen. Zu viele Menschen haben sich in den letzten Jahren allein darüber beschwert, dass ihnen die Zeit davonläuft. Sie opfern zu viel ihrer knapp bemessenen Zeit für unnötige Dinge, ohne sich dessen bewusst zu sein. Eine Schnäppchenjagd hier oder eine Shopping-Tour dort, die letztlich aber nicht wirklich etwas Bedeutendes eingebracht haben. Oder es werden die Mitmenschen unnötig unter Zeitdruck gesetzt, weil ein eigenes Anliegen zeitnah bearbeitet werden soll." Nach einer kurzen Gedankenpause fuhr der Engel fort: „Ja, die Zeiten haben sich geändert, in eurem Leben habt ihr keinen Platz mehr für Muße, deshalb sprecht ihr auch davon, dass für euch die Zeit wie im Flug vergeht."

Immer noch völlig irritiert sah Marlies zu dem Engel und zeigte sich darüber erstaunt, wie sehr dieser doch recht hatte: "Ich kann deinen Ausführungen nicht widersprechen und dennoch, was kann ich tun, dass es mir besser geht, dass ich mich nicht so gehetzt fühle? Meine Arbeit muss ich doch erledigen, denn damit verdiene ich meinen Lebensunterhalt."

"Das steht außer Frage", antwortete ihr der Engel, "doch bedenke, wie viel unnötige Zeit du vergeudest, indem du wegen Überarbeitung und Erschöpfung Fehler begehst, die du später beheben musst. Wäre es manchmal nicht besser gewesen, du hättest die Arbeit zunächst liegen lassen? Nach einem kleinen Spaziergang, der dir neue Kraft gegeben hätte, wärst du viel schneller am Ziel gewesen. Würdest du dir gelegentlich eine Pause gönnen und ohne schlechtes Gewissen ein Buch zur Hand nehmen, könntest du im Anschluss viel effektiver arbeiten. Und ganz wichtig ist, dass du eine positivere Einstellung zu deiner Arbeit bekommen würdest. Am Abend könntest du ausgeglichen und in dem Bewusstsein zu Bett gehen, dass du einen erfolgreichen Arbeitstag hinter dich gebracht hast. Einen Tag, an dem du viel erreicht hast und der dir aber auch noch Zeit für deine persönlichen Interessen gelassen hat. Denk darüber nach und setze es um."

Marlies hatte längst ihre Augen geschlossen, weil sie das helle Licht des Engels blendete, doch lauschte sie aufmerksam seinen Worten. Vor ihrem geistigen Auge sah sie unzählige Beispiele für seine Behauptungen und konnte sich an viele Momente erinnern, in denen sie vor Erschöpfung und voller Verzweiflung über ihren Schreibtisch gebeugt nichts Vernünftiges zustande gebracht hatte. Das waren genau die vom Engel erwähnten Zeitabschnitte, die sie zum bewussten Ausspannen hätte nutzen können. Das Ergebnis waren leider viel zu häufig unproduktive Tage, die nutzlos verstrichen sind.

Plötzlich riss sie ein schriller Ton aus ihren Gedanken, und sie hatte zunächst Schwierigkeiten sich zu orientieren. Sie begriff, dass sich ihr Telefon meldete und verdutzt blickte sie auf ihre Hand, in der sie noch immer den Hörer fest umschlossen hielt. Das aufleuchtende Display verriet ihr, dass ihre Mutter erneut bei ihr anrief. Noch völlig benebelt drückte Marlies auf die Taste zur Annahme des Anrufes und hielt sich den Hörer ans Ohr: "Hallo mein Schatz, es lässt mir einfach keine Ruhe und ich musste mich noch einmal bei dir melden. Ist alles o. k. bei dir?"

Marlies blickte sich in dem nunmehr nur noch schwach beleuchteten Zimmer um und nahm konsterniert zur Kenntnis, dass kein Licht mehr den Raum erleuchtete und sie wieder ganz alleine war.

Wo ist der Engel geblieben, der gerade noch zu ihr gesprochen hatte? "Mama, du glaubst nicht, was ich dir jetzt erzähle. Ein Engel war in meiner Wohnung."

"Was hast du gesagt? Wer war bei dir, ein Engel?"

"Ja, Mama, ein Engel, und er hat zu mir gesprochen."

"Nein!"

"Doch! Ich habe ihn gesehen und ganz deutlich gehört. Er kam mit einer Botschaft und hat mir die Augen geöffnet, wie ich in Zukunft meine Zeit besser nutzen kann. Seit unserem Anruf vorhin habe ich mich noch nicht von der Stelle bewegt und bin immer noch nur in mein Handtuch gewickelt. Aber ich fühle mich prima und mir geht es blendend. Entgegen meiner ursprünglichen Planung werde ich gleich zu Bett gehen und mir eine ordentliche Portion Schlaf gönnen. Morgen früh werde ich einen Spaziergang im Park nachholen, den ich schon längst hätte machen sollen und..."

"Was ist denn nun schon wieder in dich gefahren?" wurde Marlies von ihrer Mutter unterbrochen. "Ich denke, dafür hast du keine Zeit."

"Ich teile mir meine Zeit jetzt einfach anders ein und bin zuversichtlich, morgen Abend alles, was ich mir vorgenommen habe, geschafft zu haben."

Bevor sich Mutter und Tochter voneinander verabschiedeten, legte Marlies Wert auf eine Verabredung mit ihrer Mutter für das kommende Wochenende. Sie würde sich die Zeit für einen gemeinsamen Besuch in einem Café einfach nehmen und diese Zeit voll auskosten und genießen. Nachdem Marlies im Bett lag und das Licht ausgeschaltet hatte, schlief sie schnell und zufrieden ein.

Noch Jahre später hatte sie immer wieder über die Erscheinung des Engels nachgedacht und sich die Frage gestellt, ob sie sich alles nur eingebildet hat oder ob tatsächlich ein leibhaftiger Engel in ihrem Zimmer war. Dieses Ereignis bleibt wie viele andere ein geheimnisvolles Erlebnis, das uns immer wieder in unserem Leben widerfahren kann.

Dinero o suerte

„Bist du schon wach?"

Bianca öffnete vorsichtig ein Auge und blickte auf die große Fensterfront, die sich über die gesamte Breite des Zimmers erstreckte.

Langsam dämmerte es ihr: Gestern sind sie nach Kuba geflogen, kamen nach Ortszeit abends an und fielen nach dem Auspacken der Koffer sofort müde ins Bett.

Ihre Antwort ließ einen Moment auf sich warten: „Ja jetzt, wo du mich fragst, bin ich wach. Wie hast du geschlafen?"

Eigentlich hätte sie diese Frage gar nicht mehr stellen müssen, denn es war lediglich eine rhetorische Frage. Die Antwort kannte sie seit drei Jahrzehnten, da sie dem Sinn nach immer gleich ausfiel.

„Ich habe ganz schlecht geschlafen, weil mir wieder so viel durch den Kopf ging", stellte Christof klar.

Nach einem Frühstück, das keine Wünsche offen ließ, lockte ein herrlicher Strand mit weißem, feinem Sand. Schnell zogen sie sich um, packten Sonnencreme und ein Buch in die Strandtasche und verließen das Zimmer. Auf dem kurzen Weg fielen ihnen die farbenprächtigen Pflanzen auf, die sich durch die ganze Ferienanlage bis direkt an den Strand zogen, und Bianca meinte nur: „So viele schöne Blumen habe ich noch nie gesehen, eine ausgefallener als die andere."

Christof wählte am Strand einen Platz aus, und sofort eilte ein freundlicher Mann mit zwei Liegen herbei. Der Blick auf das in mehreren Blau- und Türkistönen schimmernde Meer war einfach atemberaubend, und beide genossen ein erstes Bad in dem glasklaren Wasser. Um der Haut nicht schon am ersten Tag zu viel Sonne zuzumuten, blieben sie nur bis zum Mittag am Strand und wollten sich nach dem Essen lieber in der großzügig gestalteten Ferienanlage etwas umsehen. Allein drei Poollandschaften, die sich über das großzügige Areal verteilten, besaßen alle einen eigenen Reiz, weil sie sich individuell in die Landschaft fügten. In zwei großen Speisesälen konnten sich die Urlauber am reichhaltigen Buffet bedienen, und mehrere kleinere Restaurants boten themenbezogene Speisen, für die allerdings eine vorherige Reservierung erforderlich war. Bianca und Christof genossen ihren ersten Urlaubstag und nahmen befriedigt zur Kenntnis, dass das Klima im März noch sehr angenehm ist, bevor die zunehmende Hitze nicht mehr auszuhalten sein wird.

Am nächsten Tag trennten sich ihre Weg schon direkt nach dem Frühstück. Bianca verabschiedete sich von ihrem Mann: „Ich wünsche dir viel Spaß beim Tauchen und vor allem, dass du ganz viele schöne Fische siehst."

„Danke! Das werde ich ganz bestimmt. Hier ist die Unterwasserwelt noch nicht so tot wie im Mittelmeer. Was wirst du denn den ganzen Tag machen?", fragte Christof anstandshalber, wobei er seiner Frau einen Kuss auf die Wange hauchte.

„Ich werde mir ein schönes Plätzchen am Strand suchen und in meinem Buch weiter lesen. Vielleicht gehe ich auch ein paar

Schritte den Strand entlang. Das wird sich ergeben. Also dann, bis heute Abend!"

Nachdem Bianca ihre Zähne geputzt hatte, schnappte sie sich ihre Badetasche, packte noch ein Buch hinein und freute sich auf die nächsten Stunden, die sie in Ruhe am Strand verbringen würde. Sie hatte dazu bereits einen kleineren, separaten Strandabschnitt ins Auge gefasst, an dem es wesentlich ruhiger zuging. Gestern fühlte sie sich durch die Lautsprecher gestört, durch die ständig Lärm vom Animationsprogramm bis zu ihnen durchdrang. Außerdem standen hier einige Palmen, die besser als jeder Sonnenschirm Schatten spenden können. „Guten Morgen", begrüßte sie einen gebräunten Urlauber, der bereits vor ihr dieselbe Idee hatte und ebenfalls unter den Palmen Schutz vor der aufsteigenden Sonne suchte. Er schien sehr in sein Buch vertieft und gab nur knapp den Gruß zurück.

Auf einer bereit stehenden Liege machte es sich Bianca bequem, und nachdem sie einige Seiten gelesen hatte, legte sie ihr Buch zur Seite und entschied sich für ein erfrischendes Bad im Meer. Sie band ihre langen Haare auf dem Weg zum Wasser mit einem Gummiband zu einem Pferdeschwanz und tauchte sofort komplett unter. Anschließend ließ sie sich auf dem Rücken liegend auf der Wasseroberfläche treiben. Zwischendurch schwamm sie immer wieder ein Stück und genoss den Anblick der Lichtspiegelungen auf dem Wasser. Sie kraulte zurück zum Strand und stapfte zu ihrem Platz, um sich weiter ihrem Buch zu widmen. Doch enttäuscht musste sie feststellen, dass es ihren Schattenplatz durch den veränderten Sonnenstand nicht mehr gab. Noch bevor sie ihren Strandnachbar bitten konnte, etwas aufzurücken, stand er schon auf: „Kommen Sie, ich rücke ein wenig auf und mache etwas Platz, damit Sie nicht in der Sonne braten müssen!"

„Das ist lieb von Ihnen", entgegnete Bianca und verrückte ihre Liege ebenfalls. „Darf ich fragen, mit wem ich die Ehre habe?"

„Ja natürlich, Karl Hense ist mein Name. Aber bleiben wir doch einfach bei Karl, wenn es Ihnen Recht ist. Es lässt sich so angenehmer plaudern."

Bianca reichte ihm ihre Hand, stellte sich ebenfalls vor und konnte zu diesem Zeitpunkt noch nicht ahnen, dass die folgende Unterhaltung ihr Leben grundlegend verändern wird.

„Na schön, nenne ich Sie Karl. Ich heiße Bianca. Wie lange sind Sie schon auf Kuba?", wollte sie von ihm wissen.

„In zwei Tagen geht es für mich wieder nach Hause. Ich bin nun insgesamt über zwei Wochen auf dieser herrlichen Insel, aber erst eine knappe Woche hier in dieser Anlage. Davor hatte ich einen Mietwagen und bin quer von Havanna bis runter nach Santiago gefahren. Die Gässchen von Trinidad muss man einfach gesehen haben. Oder den legendären Ort Santa Clara. Die vielen Museen überall. Das Gefühl, auf den Spuren von dem alten Che zu sein, ist einfach unbeschreiblich."

„Ach, das ist ja interessant. Eine Rundreise mit dem Auto. Dass Sie sich das überhaupt getraut haben. So ein Abenteuer hätte mich auch gereizt, aber das war doch sicher teuer? Der Urlaub ist eh schon kein Schnäppchen und nicht jeder kann sich das leisten."

„Zunächst einmal ist die Fahrt über die Straßen Kubas mit den vielen Schlaglöchern in der Tat ein Abenteuer. Was die finanzielle Seite anbelangt, ist das Mietauto am teuersten, vom Flugpreis einmal abgesehen. Das knallt auf Kuba richtig rein, weil Devisen knapp sind und man deshalb kaum etwas importieren kann. Aus diesem Grunde habe ich diese Fahrt auch nicht alleine gemacht. Mit zwei meiner früheren Arbeitskollegen haben wir uns die Kosten geteilt und konnten uns auch am Steuer abwechseln. Die sind jetzt aber schon wieder zu Hause, weil sie beide eine Familie haben. Um noch einmal auf die Kosten zurückzukommen: Klar, der Flug war nicht billig. Aber dafür haben wir uns unterwegs nur bei den Einheimischen einquartiert und konnten so eine Menge Geld einsparen."

„Entschuldigen Sie, dass ich Sie schon wieder unterbreche. Aber war Ihnen das nicht zu unsicher? Man hätte Sie ausrauben können, schlimmer noch, massakrieren!"

„Sie haben ja eine blühende Fantasie. Nein, wir haben diese Casas particulares, wie sie genannt werden, gewählt. Diese legalen Unterkünfte gibt es überall auf der Insel. Sie werden von Regierungsseite überwacht, sind also völlig sicher, absolut preiswert, sauber und wirklich sehr gut." Nach einer kleinen Pause fügte er hinzu: „Und wie sieht es bei Ihnen aus? Wie ich sehe, sind Sie noch nicht lange hier, oder?"

Lachend erwiderte Bianca: „Das haben Sie fein beobachtet. Was bei meiner vornehmen Blässe aber auch nicht schwer zu erraten war. Für meinen Mann und mich ist das heute der zweite Tag, und wir sind zum ersten Mal in der Karibik. Jetzt, wo unsere Kinder auf eigenen Füßen stehen, können wir uns endlich so einen Urlaub leisten. Früher sind wir wohl auch jedes Jahr verreist, aber nur bis ans Mittelmeer. Frankreich, Spanien, die Balearen. Das übliche halt."

„Um ehrlich zu sein, wird das wohl auch auf längere Sicht mein letzter Urlaub in dieser Preisklasse sein. Ich habe mich erst vor wenigen Wochen von meiner Frau getrennt. Was soll ich sagen, es gab keine richtige Auseinandersetzung. Es war einfach die Luft raus nach fast zwanzig Jahren. Kinder haben wir keine, und ich erwarte von meinem Leben mehr, als jeden Tag neben einer Frau zu sitzen und eine dieser blöden Fernsehsendungen mit ihr anzusehen. Denn in dieser verrückten TV-Welt mit einem Dschungelcamp oder der Frauensuche eines Bauern und was es nicht noch alles für Sendungen gibt, in dieser Welt hat sie gelebt. Das kann sie jetzt alles ohne mich haben." Karl blickte gedankenverloren auf das Meer, als würde er dort nach weiteren Worten oder einer Erklärung suchen. Dann blickte er auf Bianca und meinte: „Ach, was erzähle ich Ihnen da. Wir kennen uns praktisch gar nicht, und ich jammere Ihnen etwas vor. Entschuldigung, Sie wollen hier Urlaub machen und Spaß haben."

„Nein, nein, das ist schon in Ordnung", gab Bianca verständnisvoll zurück. „Aber wenn Sie jetzt erst noch einmal so freundlich wären und ein weiteres Stück rücken würden? Die Sonne…"

„Na klar, entschuldigen Sie, wie unaufmerksam von mir." Augenblicklich erhob sich Karl und positionierte nicht nur seine, sondern auch ihre Strandliege so, dass sie beide wieder im Schatten standen.

Bianca bedankte sich dafür und nahm den Faden wieder auf: „Sie müssen sich doch nicht dauernd für irgend etwas entschuldigen. Ich bin froh, eine Abwechslung durch eine so nette Unterhaltung zu haben. Auch wenn ich ein Buch mitgenommen habe, ziehe ich ein interessantes Gespräch vor. Sie müssen wissen, dass ich das nur eingesteckt habe, um mir die Zeit bis heute Abend zu vertreiben."

„Wo ist denn eigentlich Ihr Mann, den Sie gerade erwähnt haben? Er wird doch nicht etwa krank im Bett liegen?"

„Nein, das nicht gerade. Obwohl es für mich kaum einen Unterschied machen würde. Er ist schon ganz zeitig heute früh los. Am Ende dieser Ferienanlage, wenn man bis ans Strandende geht, ist eine Tauchschule. Da hat er sich sofort gestern für den heutigen Tag angemeldet. Sie bieten Halbtagestouren und Ausflüge, die bis in die Nachmittagsstunden dauern. Deshalb erwarte ich ihn erst zum Abendessen zurück."

„Ja, so kann das gehen. Wenn ich mit meiner Frau Urlaub gemacht habe, hat sie sich allen Animationsangeboten angeschlossen, die mich nie interessiert haben. Also habe ich mich zurückgezogen und die Tage genau wie Sie, mehr oder weniger, alleine verbracht."

„Und warum meinen Sie", wollte Bianca wissen, „werden Sie sich in Zukunft keine Urlaube mehr leisten können? Oder ist das jetzt zu indiskret?"

Karl ignorierte die letzte Frage völlig und bekannte sofort freimütig: „Uns ging es nicht schlecht. Meine Frau arbeitete immer noch halbtags an der Kasse eines großen Discounters, und ich hatte einen Job als Schreiner. Damit hatten wir unser Auskommen. Doch gerade zu dem Zeitpunkt, als ich mir wegen der Trennung eine kleine Wohnung genommen und notdürftig eingerichtet habe, hat mein Chef aus Altersgründen die Firma aufgegeben. Damit hatte ich erst in ein paar Jahren gerechnet. Nun bin ich erst einmal ohne Arbeit und muss sehen, wie es weiter geht. Für meine Miete muss ich nun alleine aufkommen, und auch andere Kosten schlagen in einem Single-Haushalt höher zu Buche. Meine Frau und ich haben den Haushalt irgendwie untereinander aufgeteilt, sie die Küche, ich das Auto – so in dem Stil. Es war für mich eine Entscheidung um Geld und damit eine gesicherte Existenz oder finanziellen Verzicht. Ich habe mich für das letzte entschieden, weil es mich glücklicher macht. Dinero o suerte – Geld oder Glück, falls Sie kein Spanisch sprechen. Verstehen Sie mich nicht falsch, aber wenn man sich immer nach dem Partner richten muss, um keinen Ärger zu haben..."

Karl ließ den Satz unvollendet und es schien Bianca, dass es ihm gut tat, sich einmal ganz ungezwungen auszusprechen.

„Ich verstehe Sie sehr gut", gab Bianca leise zur Antwort und verfiel selbst immer mehr ins Grübeln, je mehr sie seinen Worten lauschte, „in einer langjährigen Beziehung sind viele Muster festgefahren und oftmals nimmt man vieles gar nicht mehr bewusst wahr. Für mich ist es schon zur Selbstverständlichkeit geworden, dass ich im Urlaub viel alleine bin. Manchmal kommen mir Gedanken, die mir Angst machen und die ich sofort unter den berühmten Teppich kehre. Ich traue mich gar nicht, mich damit auseinanderzusetzen. Ihnen wünsche ich auf alle Fälle, dass Sie Ihre Entscheidung nicht bereuen."

Als Christoph und Bianca abends im Speisesaal zusammen saßen, erzählte er ihr von den Korallenbänken und schwärmte von den exotischen Fischen. Der Ausflug hätte sich richtig gelohnt und den müsste er unbedingt noch einmal wiederholen. Nachdem er mit seinen Ausführungen geendet hatte, wollte er von ihr wissen, wie ihr Tag verlaufen war. Gerade wollte Bianca ansetzen und von ihrer Bekanntschaft am Strand erzählen, da sah sie von weitem Karl, der sich in einer anderen Ecke des Saales einen freien Platz suchte und ihr zuwinkte.

„Wer ist das denn? Du kennst den Kerl?", hörte sie ihren Mann misstrauisch fragen.

„Das wollte ich dir gerade erzählen, und außerdem ist das kein Kerl, sondern ein sympathischer Mann, mit dem ich heute am Strand ins Gespräch kam."

„Na prima, kaum bin ich weg, unterhältst du dich mit anderen Männern, die du nicht einmal kennst."

„Ich wollte nicht alleine sein und habe dich nicht weggeschickt", konterte Bianca.

„Was soll das denn jetzt schon wieder heißen? Willst du mir das Tauchen verbieten?"

„Quatsch – mit verbieten hat das doch gar nichts zu tun. Du hast dich doch darüber beschwert, dass ich mich mit ihm unterhalten habe. Aber weißt du was, das ist mir jetzt viel zu blöd. Ich möchte hier in Ruhe essen und nicht schon wieder streiten."

„Das ist typisch! Ich darf nichts sagen. Sobald ich meine Meinung äußere, machst du sofort einen Streit daraus."

Bianca gab an diesem Punkt lieber klein bei und hielt den Mund. Sie befürchtete, dass das Gespräch sonst eskalieren könnte und so stand sie einfach auf und sah sich noch einmal am Buffet um. Der weitere Verlauf des Abends gestaltete sich so, wie sie es erwartet hatte. Man trank ein paar Cocktails, machte eine gute Mine zum bösen Spiel und heuchelte Harmonie.

Aber das Gespräch vom Strand ging ihr seitdem nicht mehr aus dem Kopf. Mit Karl hatte sie kein weiteres Wort gewechselt. Sie hatten sich lediglich noch einmal von weitem mit einem Lächeln gegrüßt. Bianca spürte, dass seit der Unterhaltung etwas anders war und nie mehr so sein würde wie früher. Während sie unter der Dusche stand, konnte sie ihre Gedanken nicht mehr bremsen. Wenn sie im Meer schwamm, musste sie immer wieder an das Gespräch denken. Beim Essen, vor dem Schlafengehen, es war einfach immer präsent, nagte an ihr und begleitete sie überall hin. Alles, was jahrelang unter den sprichwörtlichen Teppich gekehrt wurde, stürzte nun mit voller Wucht auf sie ein. Die Fragen nach dem Sinn ihrer Ehe, worauf sie keine Antwort wusste, wurden immer lauter und mit Erschrecken wurde ihr bewusst, dass sie von dieser Beziehung nichts mehr erwartete und sie keinen einzigen Grund für den Fortbestand ihrer Ehe nennen konnte. Es ist schon merkwürdig, dachte sie, da hat man die Kinder endlich groß, hat diesen Augenblick so lange herbei gesehnt, endlich kann man Traumziele ansteuern, aber man hat auch zum ersten Mal die Zeit, über all seine Träume nachzudenken. Der Urlaub auf Kuba sollte etwas Besonderes sein, er sollte beide wieder in die unbeschwerte Zeit vor der Verantwortung als Eltern zurückführen. Doch das ist nicht möglich. Die Jahre haben ihre Spuren hinterlassen. Bianca weiß jetzt, was sie tun muss. Mit Christoph wird es bestimmt keinen weiteren Urlaub geben.

Erlebnis auf dem Friedhof

„Ja, ja ich hatte schon einmal in meinem Leben Angst. Ich war damals noch ein junger Bengel von vielleicht vierzehn Jahren. Ich fuhr eines Abends mit dem Bus zu einer Feier, zu der man mich eingeladen hatte. Als ich nach Hause wollte, fuhr kein Bus mehr und ich musste zu Fuß gehen, denn Geld für ein Taxi hatte ich nicht. Für den Weg hätte ich bestimmt zwei Stunden gebraucht, aber ich habe eine Abkürzung über den Friedhof genommen. Du musst dir vorstellen, dass sich zu dieser Stunde keine Menschenseele auf dem Friedhof herumgetrieben hat, und mir war schon mulmig zumute. Ganz allein, nur mit den Toten in den Gräbern um mich herum. Ich hörte lauter Geräusche, die ich mir wahrscheinlich eingebildet habe. Am liebsten wäre ich wieder umgekehrt, aber ich wusste nicht genau, ob der vor mir liegende Weg überhaupt noch weiter war als das Stück, was ich schon hinter mir hatte. Jedenfalls war dieser Friedhof sehr groß und ist nicht mit den Friedhöfen zu vergleichen, die du bei uns aus den Bergdörfern kennst, wo meist nur ein paar Gräber um die Kirchen angeordnet sind. Zu allem Überfluss zog auch noch ein Gewitter auf, wie es uns gestern Abend überrascht hat. Wenn es mir bis dahin schon unheimlich war, wurde es jetzt erst recht. Die ersten Blitze zuckten am Himmel, der hell und gespenstisch aufleuchtete. Ich lief immer schneller, und in meiner Phantasie redete ich mir schon ein, dass bald mein letztes Stündlein geschlagen haben würde. Mein Puls raste und ich weiß nicht, ob in meinem Blut mehr Adrenalin oder Alkohol von der Feier war. Zu meiner Erleichterung sah ich während eines

Blitzes vor mir die Leichenhalle aufleuchten, und ich steuerte ziel-strebig darauf zu. Wenigstens würde ich so schon mal dem Tod durch Blitzschlag entgehen können, war mein Gedanke. Ich stellte mich unter ein Vordach mit dem Rücken zum Eingang und zündete mir erst einmal eine Zigarette an. Da fühlte ich plötzlich, wie mir jemand auf die Schulter tippte. Die Zigarette fiel mir aus dem Mund und augenblicklich fühlte ich, wie etwas Warmes mein Hosenbein herunter lief."

Mit offenem Mund und großen Augen schaut Christoph seinen Großvater an, und noch bevor er fragen kann, was ihm unter den Nägeln brennt, bekommt er die Erklärung: „Ja, ich habe mir vor Angst in die Hosen gepinkelt! Es war nicht, wie ich in meiner Panik vermutete, ein Geist oder ein von den Toten Auferstandener, es war auch nicht Gevatter Tod, der mich holen wollte, sondern es war ein junger Mann, der auch Schutz vor dem Gewitter gesucht hatte und mich lediglich um Feuer für eine Zigarette bat."

Die Campingpanne

Endlich haben die Semesterferien begonnen. Auch wenn es sich dabei nur um eine vorlesungsfreie Zeit handelt, werden sie von den Studenten herbeigesehnt. Wer es sich leisten kann, fährt in den Urlaub oder macht zumindest Tagesausflüge, denn ein wissenschaftlicher Text kann schließlich auch am Strand gelesen werden. Mit einem Laptop kann man darüber hinaus überall ins Internet. Markus und Susanne hatten sich wie viele ihrer Kommilitonen auf die Ferien gefreut, denn für sie sollte es der erste gemeinsame Urlaub werden. Von ihrem ersparten Geld kauften sie sich einen günstigen Gebrauchtwagen, während sie sich ein Zelt von Susannes Eltern ausleihen konnten. Ihr Ziel war Südfrankreich, und außerhalb der Hauptsaison waren sie zuversichtlich, auf einem Campingplatz unterzukommen. Noch vor Sonnenaufgang starteten sie von Espelkamp und blieben glücklicherweise von Staus verschont.

„Warum hast du das Radio leiser gedreht?", fragte Susanne enttäuscht. „Es läuft doch gerade so tolle Musik!"
Sie hatten noch einen Abstecher zu Verwandten gemacht, weshalb sie einen kleinen Umweg in Kauf nehmen mussten. Aber Onkel Wilfred zeigte sich mehr als erfreut und steckte ihnen zum Abschied noch einen Geldschein zu, mit dem sie sich einen schönen Abend machen sollten. Mittlerweile waren sie auf der Bundesautobahn A 7 unterwegs und hatten Würzburg bereits hinter sich gelassen. Markus, der sich nach der letzten Rast selbst ans Steuer gesetzt hatte, versuchte angestrengt, sich auf ein auffälliges Motorge-

räusch zu konzentrieren. „Ich weiß nicht, ich hatte gerade schon so ein merkwürdiges Geräusch beim Anlassen des Motors gehört, aber ich habe nicht weiter darauf geachtet. Hörst du nichts?"

„Nein, du bildest dir das bestimmt ein. Komm, mach das Radio wieder lauter, lass uns weiter Musik hören und uns auf den Urlaub freuen."

Susanne gab sich ganz unbekümmert und wollte einfach nichts mehr von Problemen und Sorgen wissen. Sie war in Ferienstimmung und summte gerne die aktuellen Hits der regionalen Radiosender mit. Obwohl Markus bei dem Gedanken, nicht mehr auf das Motorgeräusch achten zu können, alles andere als wohl zumute war, fügte er sich ihrem Wunsch. Schließlich wollte er ihr die gute Laune nicht verderben.

Rothenburg hatten sie bereits hinter sich gelassen und fuhren gerade hinter Braunsbach auf der A 6, da meldete sich plötzlich der Motor mit einem lauten „Rums". Zum Glück befand sich Markus gerade nicht auf der Überholspur und konnte geistesgegenwärtig auf den Standstreifen ausweichen. Der Schreck saß ihm noch in den Knochen, als der Wagen zum Stehen kam.

Nachdem Susanne ihren ersten Schock überwunden hatte, fand sie ihre Stimme wieder und fragte ängstlich: „Was war das denn jetzt?"

Sie blickte sich zu allen Seiten um, so als würde sie dort eine Antwort auf das finden, was passiert war.

„Ich weiß es auch nicht, schließlich bin ich kein Automechaniker und habe absolut keine Ahnung", erhielt sie zur Antwort. „Aber das hat sich verdammt noch einmal nicht gut angehört und ich rechne mit dem Schlimmsten. Ich fürchte, der Motor ist im Eimer, und ich bin nur echt froh, dass ich noch eine Pannenversicherung abgeschlossen habe. Als hätte ich so etwas geahnt."

Markus griff bereits nach seinem Handy und suchte im Handschuhfach nach der Telefonnummer der Versicherung. „Was haben sie gesagt? Wann kommt Hilfe?", wollte Susanne von ihm wissen, sobald er das Gespräch beendet hatte. „Sie können uns nichts versprechen. Aber die Frau von der Telefonzentrale meinte, dass innerhalb der nächsten Stunde jemand hier sein wird."

„Und was passiert dann?", fragte Susanne, obwohl sie sich die Antwort auch selber hätte geben können. Markus zuckte anstelle einer Erklärung nur mit den Schultern. Der Urlaub nahm keinen guten Anfang, so viel war schon einmal klar. Nach einer Wartezeit, die ihnen endlos erschien, erkannten sie von weitem den Abschleppwagen.

„Na, was haben wir denn hier?", fragte der junge Mann, der schwungvoll aus dem Führerhaus sprang. Zunächst wollte er wissen, was passiert ist und warf danach einen Blick unter die Motorhaube. „Tja, wie es aussieht, sind die Kolben mit den Ventilen kollidiert."

„Das bedeutet was?", fragte Susanne ängstlich.

„Nun ja, vereinfacht ausgedrückt, sind Kettenspanner nötig, um die Steuerketten schön straff zu halten. Wenn die Kettenspanner, die regelmäßig ausgetauscht werden müssen, weil sie nun mal einem

Verschleiß unterliegen, wenn also diese Spanner versagen, springt die Kette über und der Motor ist meistens im Arsch."

Markus und Susanne sahen sich an und waren wie gelähmt, denn sie wollten doch mit dem Auto in den Urlaub. „Wie lange wird denn die Reparatur dauern?", wollte Markus von dem jungen Mann wissen, der bereits Vorbereitungen zum Aufladen des Fahrzeugs traf. „Das kommt ganz darauf an, welcher Schaden genau eingetreten ist. Dazu muss der Motor in der Werkstatt ausgebaut werden. Wenn wir alle Ersatzteile schnell besorgen können, wovon ich ausgehe, könnte es innerhalb der nächsten zwei bis drei Tage klappen. Sie haben ja zum Glück eine Versicherung, die für bis zu drei Übernachtungen die Unterbringung in einem Hotel übernimmt. Seien Sie froh, dass nicht mehr passiert ist. Ihnen hätte mit diesem Schaden der ganze Motor um die Ohren fliegen können."

Ganz in der Nähe der Werkstatt hatten die beiden jungen Leute Glück und fanden ein Zimmer in einem zentral, aber dennoch ruhig gelegenen Hotel. Das Gebäude machte durch die großzügig gestaltete Auffahrt und die verglaste Empfangshalle einen teuren Eindruck, doch passte es erfreulicherweise genau in den preislichen Rahmen, den die Versicherung vorgab. Nachdem sie die Ereignisse der vergangenen Stunden verarbeitet hatten und wieder einen klaren Gedanken fassen konnten, durchbrach Susanne die Stille: „Unseren Urlaub hatte ich mir anders vorgestellt."

„Ja, ich auch! Wir hätten den Wagen in einer Werkstatt checken lassen sollen. Aber das nutzt uns jetzt auch nichts mehr, und wir können die Uhr nicht zurückdrehen."

Markus sah sich im Zimmer um und nahm zum ersten Mal den Flachbildschirm wahr, was seine Laune augenblicklich steigerte: „Schau mal Liebling, hier haben wir einen Fernseher – wie zu Hause. Wer hätte das gedacht, dass wir heute Abend die Nachrichten anschauen können, und das bequem vom Bett aus." Sofort nahm er die Fernbedienung zur Hand und unterzog sie einer näheren Untersuchung, was ihn von seinen Sorgen ablenkte.

Susanne schüttelte nur den Kopf und ging unterdessen auf den Balkon. „Sieh dir das an!", rief sie ihm zu. „Die haben hier echt an alles gedacht: Zwei Hochlehner mit Auflagen, so richtig zum Entspannen. Von hier aus hat man einen herrlichen Blick in das Tal. Komm doch mal, wo bleibst du denn?" Ohne abzuwarten, wo Markus blieb, setzte sie noch hinzu: „Von so einem Blick habe ich immer schon geträumt. Sieh mal, ungefähr dort hinten, da müssten wir gleich den Sonnenuntergang beobachten können."

Markus schaffte es gerade noch, ihrem ausgestreckten Arm in Richtung ihres vermeintlichen Sonnenuntergangs zu folgen. Aber seine Gedanken kreisten längst schon wieder um das Auto. Er setzte sich und schloss für einen Moment seine Augen. „Die Reparatur wird einiges kosten."

„Klar, umsonst werden die das nicht machen und wer weiß, welche Teile neu eingebaut werden müssen. Ich werde meine Eltern bitten, dass sie uns das Geld vorstrecken, und wenn alles gut läuft, bekomme ich nach meinem Abschluss im Herbst zumindest schon einmal einen befristeten Arbeitsvertrag. Aber jetzt sei kein Spielverderber und lass uns das Beste aus allem machen. Wer weiß, wozu die Panne gut war?"

„Du hast recht", pflichtete ihr Markus bei und schloss sie liebevoll in seine Arme.

Nachdem sie das Farbenspiel der untergehenden Sonne bis zum Schluss verfolgt hatten, meldete sich bei beiden der Hunger.

„Ich bin dafür, dass wir erst einmal nach einem Lokal Ausschau halten, um etwas Anständiges in den Magen zu bekommen. Onkel Wilfred hat uns etwas Geld zugesteckt, und wenn wir damit sparsam umgehen, kommen wir zumindest heute und morgen Abend damit aus. Was meinst du?"

Markus signalisierte seine Zustimmung durch leichtes Kopfnicken und Susanne öffnete in Erwartung einer leckeren Mahlzeit bereits den Koffer: „Willst du dich zuerst duschen? Dann suche ich uns schon mal frische Sachen heraus."

Das ließ sich Markus nicht zwei Mal sagen und nahm Kurs auf das Bad, das sie bisher noch gar nicht betreten hatten: „Wow, sieh mal – nicht schlecht."

Susanne eilte sofort neugierig herbei: „Nicht schlecht, meinst du? Ich würde sagen super! Hier gibt es sogar einen Föhn und für mich einen Vergrößerungsspiegel. Ist ja mega!"

Bevor sie das Zimmer verließen, warf Susanne noch einen prüfenden Blick in den großen, bodentiefen Spiegel neben der Eingangstür. „So ein Hotelzimmer hat schon was von Luxus, das muss man sagen."

Sie betraten den Fahrstuhl, und an der Rezeption erhielten sie auf ihre Frage nach einem netten Lokal eine kompetente Auskunft inklusive eines kleinen Stadtplans. Sie entschieden sich für den Geheimtipp der jungen Frau am Empfang. Wie sie schnell feststellten, hätten sie es nicht besser treffen können. Bei dem Italiener gab es herrliche Tapas, und dazu servierte man ihnen zu einem annehmbaren Preis einen passenden Wein. Das urige Lokal lag etwas versteckt und ohne den Insidertipp der Hotelfachfrau hätten sie das allenfalls per Zufall gefunden. Nach ihrer Rückkehr ins Hotel machten sie es sich mit Blick auf den Fernseher im Bett gemütlich.

Ausgeruht begaben sie sich am nächsten Morgen zum Frühstücksraum, wo ihre Erwartungen noch übertroffen wurden. Liebevoll angerichtet fanden sie alles vor, was ihr Herz begehrte. Zumindest fiel Susanne nichts ein, was noch gefehlt hätte. Sie fanden verschiedene Brötchen und Brotsorten vor, sämtliche Müslisorten, Eier in verschiedenen Variationen, Käsespezialitäten, Fischfilet und natürlich fehlte auch die Süßpalette in Form von Marmeladen und Honig nicht. Es wurde nicht nur an den Kaffeetrinker gedacht, sondern auch für die Teefreunde hielt man unterschiedliche Teesorten bereit. Sobald ein Gast einen Teller zur Seite stellte, wurde er vom Personal abgeräumt. Susanne genoss diesen Service und konnte sich nicht mehr an die Zeiten erinnern, wo sie sich wie hier einfach nur verwöhnen und die Seele baumeln lassen konnte. Mit einem kühlen Glas Orangensaft ließen sie das Frühstück ausklingen und begaben sich wieder auf ihr Zimmer.

„Sieh mal, es muss schon jemand aufgeräumt haben. Die Betten sind gemacht." Und nach einem Blick ins Bad stellte Susanne fest: „Und hier ist auch wieder alles blitzblank. Dass die Dusche vorhin benutzt wurde, sieht man ihr nicht mehr an."

Erst am Nachmittag sollten sie sich ein erstes Mal mit der Werkstatt in Verbindung setzen. So beschlossen sie, am Vormittag einen Spaziergang bei dem herrlichen Wetter zu machen. Um ihren Geldbeutel zu schonen, gab es mittags auf einer Bank im Grünen etwas „auf die Faust", wie sie es nannten. Beim Bäcker besorgten sie Brötchen und von einem Metzger Fleischwurst. Zu trinken hatten sie noch von dem, was für die Fahrt vorgesehen war.

„Weißt du", meinte Susanne mit halbvollem Mund, „eigentlich finde ich das, was uns passiert ist, schon gar nicht mehr so schlimm. Uns geht es ja nicht schlecht hier. Ich möchte die Zeit nutzen und nachher einen Blick in meine Bücher und Unterlagen werfen."

„Das ist eine gute Idee", pflichtete ihr Markus bei, „ich wollte auch einiges aufholen. Ob die im Hotel wohl einen Internetzugang haben?"

„Keine Ahnung, lass uns gleich mal danach fragen."

Gesagt – getan. Sie erfuhren, dass sie sich problemlos vom Zimmer aus ins WLAN-Netz einloggen konnten, und man notierte ihnen das dazu nötige Passwort. Es kostete nicht einen Cent extra, was die beiden begeistert zur Kenntnis nahmen. Ihnen verschlug es fast die Sprache, als sie von der Rezeptionistin außerdem erfuhren, dass das Hotel über einen kleinen Wellnessbereich verfügt. „Haben Sie denn noch nicht in unsere Infomappe für Gäste geschaut? Die liegt doch auf allen Zimmern aus."

Da zu dieser Zeit die Nachmittagssonne auf ihren Balkon schien, zogen sie die Terrasse für die Hausgäste vor. Unter Schatten spendenden Sonnenschirmen verbrachten sie die nächsten Stunden mit ihren Studien. Bevor sie das Schwimmbad aufsuchten und die Entspannung genossen, die nach der Kopfarbeit eine willkommene Abwechslung war, erkundigten sie sich erst einmal nach ihrem Auto. Der Werkstattmeister bestätigte ihnen das, was der Mann vom Abschleppdienst bereits befürchtete. Auf ihre Frage, wann denn mit der Fertigstellung der Reparatur zu rechnen sei, erhielten sie zur Antwort, dass am nächsten Tag sämtliche Ersatzteile beschafft werden könnten. Wenn nichts Unvorhergesehenes dazwischen käme, stände einer Weiterfahrt am morgigen Abend mit einem voll funktionstüchtigen Auto nichts mehr im Wege.

So sehr sich Susanne auch auf die Sonne Südfrankreichs freute, so war sie sich bewusst, dass sie in den nächsten Tagen auf dem Campingplatz, gemessen an den Vorzügen eines Hotels, in spartanischen Verhältnissen leben müssen. Doch noch war es nicht so weit, und beide schnappten sich ihre Badesachen, mit denen sie zu diesem Zeitpunkt eigentlich schon im Mittelmeer schwimmen wollten. Der Badebereich sorgte mit ruhiger Musik im Hintergrund für eine heimelige Atmosphäre. Susanne war davon angenehm überrascht, und sie erinnerte sich an einen Urlaubsprospekt einer ihrer Kommilitoninnen, in denen ein Wellnessbereich zur Ausstattung der Hotelanlagen gehörte. Wie sie erst hier im unteren Geschoss erfuhren, konnten sich die Gäste sogar für einen Saunagang anmelden, und wer seine Kondition auf Vordermann bringen wollte, konnte dies in dem angrenzenden Fitnessraum tun.

Markus und Susanne waren sich schnell einig, ihren voraussichtlich letzten Abend vor der Weiterreise bei demselben Italiener wie am Vorabend verbringen zu wollen. Nach ihrer Rückkehr sahen sie noch eine Reportage über die Steppen Afrikas im Fernsehen und schliefen anschließend zufrieden und eng aneinander gekuschelt ein.

Der nächste Tag verging wie im Flug, denn beim Frühstück setzte sich ein älteres Pärchen zu ihnen, mit denen sie sofort ins Gespräch kamen. Wie sich herausstellte, waren deren Kinder bereits aus dem Haus, und die beiden unternahmen regelmäßig Wochenendausflüge. „Wir haben doch alles und auf unsere letzte Reise können wir nichts mitnehmen", sah das die Dame ganz realistisch. „Unsere Kinder werden eines Tages unser Häuschen erben, da müssen wir nicht noch Geld für sie an die Seite legen. Anstatt eines großen Urlaubs fahren wir lieber öfter für ein paar Tage weg. Wenn das Wetter passt, überlegen wir uns das oft ganz spontan. Ein Zimmer in einem der vielen Hotels, die es überall gibt, finden wir immer kurzfristig. Dieses Mal wollen wir einen Tag nach Heidelberg und uns auf jeden Fall auch Rothenburg und Dinkelsbühl ansehen. Das soll so ein nettes kleines Örtchen mit engen Gassen sein. Unsere Nachbarin hat uns davon vorgeschwärmt. Es gäbe keine Leuchtreklamen, und mit dem alten Kopfsteinpflaster würde man sich wie ins Mittelalter versetzt fühlen. Wenn es uns in der Gegend gefällt, wissen wir schon, wohin es das nächste Mal gehen wird." Dabei lächelte sie freundlich in Richtung ihres Mannes, der zwar zustimmend nickte, aber lieber weiter die Köstlichkeiten des Buffets genoss.

Als sich Susanne und Markus von dem Paar verabschiedet hatten, mussten sie noch einige Formalitäten erledigen. Nach der Zusage, dass ihr Fahrzeug gleich zur Abholung bereit stehen würde, verließen sie etwas wehmütig ihr Hotelzimmer, an das sie sich so sehr gewöhnt hatten. Beide sprachen nur das Nötigste, checkten aus und sahen einer nächtlichen Weiterfahrt entgegen, die sicher anstrengend werden würde. Über Basel und Lyon müssten sie in rund zehn Stunden die Küste erreicht haben. Die ersten Kilometer sprachen beide kein Wort, dann brach Susanne das Schweigen: „Weißt du was? Ich kannte bisher nur Campingurlaube, weil es für meine Eltern nie etwas anderes gegeben hat. Aber ich muss ehrlich sagen, dass ich die Rundumversorgung in dem Hotel sehr genossen habe. Unsere Autopanne hatte damit auch eine gute Seite. Irgendwie wäre ich fast schon lieber in dem Hotel geblieben. Aber ich weiß ja, dass wir uns das im Augenblick noch nicht leisten können. Wenn wir beide unser Studium abgeschlossen haben, möchte ich jeden Urlaub so verbringen – in einem Hotel, wo man mich verwöhnt. Hotels gibt es schließlich an jedem Ort der Welt, egal, wohin es uns zieht. Für ein paar Tage im Jahr sollte sich das eigentlich jeder Mensch gönnen können. Allein die Vorfreude auf das, was uns noch erwartet, macht mich schon heute glücklich. Von den letzten zwei Tagen werde ich noch lange zehren und unseren Kindern später davon erzählen."

Carla – entführt?

Achim kam früher als sonst vom Büro nach Hause. Als Geschäftsführer der Impex hatte er einen anstrengenden Tag hinter sich. Er wunderte sich, dass seine Frau Carla nicht zu Hause war. Nicht einmal eine Nachricht hatte sie hinterlassen, was er so nicht von ihr kannte. Aber vielleicht hatte sie sich unvorhergesehen mit einer ihrer zahlreichen Freundinnen zum Shoppen getroffen und in der Eile vergessen, eine Notiz zu schreiben. Er machte sich keine weiteren Gedanken darüber und hoffte einfach nur auf einen entspannten Abend.

Achim wollte es sich gerade in seinem Ohrensessel mit einem Glas Bourbon gemütlich machen, als das Telefon schrillte. Missgelaunt erhob er sich, griff zum Hörer und meldete sich kurz angebunden: „Staedler."

Die Stimme am anderen Ende klang verzerrt, und augenblicklich erhöhte sich sein Adrenalinspiegel: „Hören Sie genau zu! Wir haben Ihre Frau. Machen Sie keine Fisimatenten, keine Polizei, keine Presse. Besorgen Sie einhunderttausend, in kleinen Scheinen. Näheres erfahren Sie noch. Wir melden uns."

Bevor Achim auch nur ein Wort sagen konnte, hatte der Anrufer aufgelegt. Fassungslos starrte er auf den Hörer, dem kein Wort mehr zu entlocken war. Nur noch das gleichmäßige Tuten durchbrach die Stille im Raum. Carla – entführt? Man forderte von ihm Lösegeld? Er legte den Hörer auf und begriff erst allmählich, welche Folgen dieser Anruf für seine Zukunft haben könnte: Sein guter Ruf stand auf dem Spiel.

Für ihn würde es finanziell kein Problem sein, die geforderte Summe binnen kürzester Zeit aufzutreiben. Er verfügte über genügend liquide Mittel. Aber die ganze Sache wird sich nicht verheimlichen lassen, wie wird die Öffentlichkeit reagieren? Ganz entscheidend war, wie die Entführer mit seiner Frau umgingen. Handelte es sich bei der Erpressung um brutale Kidnapper? Und vor allem, so überlegte Achim weiter, würden sie Carla freilassen, nachdem er ihre Forderung erfüllt und das Geld gezahlt hat? Das wäre natürlich auch für ihn das Beste, denn damit könnte er als Held aus der Geschichte hervorgehen. Die Zeitungen würden ihn feiern als den großen Staedler, der seine Frau gerettet hat. Aber was, wenn etwas schief lief? Eine unbeschreibliche Angst kroch langsam in ihm hoch.

Ihm wurde übel und er schaffte es gerade noch bis ins Badezimmer. Mit einem einzigen Schwall erbrach er seinen gesamten Mageninhalt, bis er nur noch würgen konnte. Doch auch danach fühlte er sich nicht erleichtert. Seit seiner Kindheit litt er an einer Unterfunktion der Schilddrüse, und wenn er sich aufregte, hatte das sofort Auswirkungen auf seinen Blutdruck und den Puls. Unruhig lief er im Zimmer auf und ab, und der Schweiß brach ihm aus. Wieder einmal war es so weit: Ihm wurde heißkalt. Sein Herz raste und seine Gedanken überschlugen sich. Ein Schwindel überfiel ihn, er sah dunkle Punkte vor seinen Augen und musste sich stützen, um nicht zu fallen.

„Und? Wie hat er reagiert?", wollte Kalle wissen.

„Frag nicht so blöd! Dazu hatte ich ihm doch gar keine Zeit gelassen. Ich schätze mal, dass dem reichen Pinkel jetzt der Arsch auf Grundeis geht. Er wird löhnen, weil er sein Liebchen wiederhaben will."

„Aber Boss, was ist, wenn er ein Lebenszeichen von ihr verlangt? Wenn er einen Beweis sehen will?"

Bruno kratzte sich den Kopf, und obwohl er gerade erst eine Zigarette ausgedrückt hatte, zündete er sich schon wieder eine neue an. Er blies den Qualm stockend aus und meinte zu Kalle: „Das ist schon möglich. Aber er ist nicht derjenige, der hier die Forderungen stellt. Immerhin haben wir ihre Ausweispapiere, die sie bei sich trug. Das sollte genügen. Als Beweis, dass wir sie in unserer Hand haben, könnten wir ihm ihren Ausweis zukommen lassen."

„Und wenn er sie sprechen will?", warf Kalle ein.

„Verdammt, halt dein Maul! Was kann ich dazu, wenn uns seine Alte so ausgetrickst hat? Das Miststück hatte Krallen wie eine Katze, und dass sie unglücklich mit ihrem Kopf aufgeschlagen ist, war nicht geplant. Ich konnte gar nicht hinsehen, alles war sofort voll Blut."

Als Carla aus der Bewusstlosigkeit erwachte, war es dunkel, und die Umgebung nahm sie lediglich wie durch einen Nebelschleier wahr. Wo bin ich, war ihr erster Gedanke, und wie lange liege ich schon hier? Sie wollte ihren Kopf anheben, doch gab sie den Versuch sofort wieder auf, als sich ein starker Schmerz in ihrem Hinterkopf meldete. Ihre Beine schmerzten ebenfalls. Langsam glitt sie mit den Händen ihren Körper hinab und fühlte geronnenes Blut.

Sie wollte sich konzentrieren, doch es gelang ihr nicht. Carla verlor wieder das Bewusstsein.

Achim hatte sich peinlich an die Anweisungen der Kidnapper gehalten und das Geld in kleinen Scheinen besorgt, wie sie es wünschten. Um sich selbst zu beruhigen, sagte er sich, dass er gar keine andere Möglichkeit hatte. In seiner Situation blieb ihm doch gar nichts anderes übrig, als zu zahlen. Den Skandal wollte er sich erst gar nicht vorstellen: Vorstandsvorsitzender Staedler nicht zu Lösegeldzahlung bereit – Ehefrau ermordet! So oder so ähnlich würde es doch die Boulevardpresse ausschlachten, und sein Ruf wäre für alle Zeiten dahin. Nein, er würde alles tun, was man von ihm verlangte.

Nach einer weiteren unruhigen Nacht, in der er kaum Schlaf gefunden hatte, sollte auf einem zentralen Platz in der Innenstadt die Geldübergabe stattfinden. Achim war überpünktlich und blickte sich zu allen Seiten um. Menschen, die es eilig hatten, hasteten an ihm vorbei, während andere scheinbar gelangweilt ohne Ziel unterwegs waren. Niemand nahm von ihm Notiz. Doch da kam ein Mann direkt auf ihn zu. Nein, er irrte sich, denn wie aus dem Nichts trat eine Frau an dessen Seite, die ihn offensichtlich schon erwartete. Halt, dort drüben, zwei Männer reden wild gestikulierend miteinander. Ob das die Entführer sind? Womöglich haben sie noch in letzter Minute...

Achim fragte sich gerade, ob er bereits an Verfolgungswahn litt, als ihm plötzlich jemand von hinten auf die Schulter tippte. Er zuckte zusammen und fürchtete, augenblicklich einen Herzstillstand zu erleiden. Sein Atem ging schwer, ihm brach der Schweiß aus, und wieder beschlich ihn ein Gefühl der Panik. Er drehte sich langsam um und blickte geradewegs in ein unrasiertes Gesicht. Hinter einer dicken Hornbrille konnte er die Augen seines Gegenübers nur schemenhaft wahrnehmen, und eine tief bis über die Stirn heruntergezogene Kappe würde es ihm später schwer machen, eine genaue Personenbeschreibung des Entführers abzugeben.

„Wo ist das Geld? Ich vermute mal, in dem hübschen Köfferchen, ja?", fragte ihn eine rauchige Stimme.

Zitternd gab er zur Antwort: „Ja, genau einhunderttausend, wie Sie es gefordert haben. Nehmen Sie das Geld und verschwinden Sie aus meinem Leben. Aber vorher sagen Sie mir, wo ich meine Frau finde. Sie haben mir zugesichert, dass sie unversehrt ganz in der Nähe freigelassen wird."

Alles ging blitzschnell und Achim stand unvermittelt mit leeren Händen da. Der Geldkoffer war weg. Mitten in einer belebten Zone, in der es nur so von Menschen wimmelte. Ein Mann mit einem unscheinbaren Aktenkoffer fiel da nicht weiter auf, der einfach unbemerkt in der Menge untertauchen konnte.

Achim war nicht fähig zu begreifen, was da vor sich ging. Er hatte doch alles getan, die Anweisungen befolgt und das Geld besorgt. Wo war Carla? Hatte man sie schon längst umgebracht? Wie wird er dastehen? Verdammt! Er machte sich Vorwürfe, dass er nicht doch die Polizei eingeschaltet hatte. Im Film wird den Banditen von den Beamten eine Falle gestellt oder zumindest verlangen sie eindeutige Beweise, dass es den Entführten gut geht. Er wird erledigt sein, wenn die Presse von seinem Alleingang und dem unglücklichen Ausgang Wind bekommt. Ob Carla noch lebt? Vielleicht halten sie ja ihr Wort und lassen sie frei...

Carla erwachte erneut aus ihrer Bewusstlosigkeit. Ihr war kalt, denn sie trug nur eine leichte Jacke. Schließlich wollte sie nach Sonnenuntergang längst wieder zu Hause sein. Sie erinnerte sich jetzt wieder, wie sich ganz plötzlich eine Hand auf ihren Mund gelegt hatte und sie aufgefordert wurde still zu sein. Doch sie hatte nicht lange überlegt und die einstudierten Griffe aus dem Selbstverteidigungskurs angewendet. Wie hatte es ihnen der Trainer noch einmal eingeschärft? Da dürft ihr nicht lange überlegen, denn dazu wird keine Zeit sein. Das muss in einer verschlossenen Schublade in euren Köpfen schlummern! Wenn ihr in Not geratet, muss die Schublade aufgehen, und ihr wendet die erlernten Techniken an. Genau so ist es abgelaufen. Sie hatte keine Sekunde gezögert und sich zur Wehr gesetzt. Dieser Überraschungsangriff, mit dem ihr Gegner nicht gerechnet hatte, war ihre Chance.

Auf ihrer Flucht muss sie sich verletzt haben. Erinnerungen von mit Stacheldraht, an dem sie hängen blieb, eingezäunten Feldern wurden vor ihrem geistigen Auge wach. Von diesen Verletzungen stammte wohl auch das Blut an ihren Beinen. Später hatte sie der Mann noch einmal eingeholt und zu packen gekriegt. Aber sie setzte sich heftig zur Wehr. Dabei musste sie sich die Platzwunde am Kopf zugezogen haben, was auch ihre derzeitigen Kopfschmerzen erklärte. Offensichtlich ging der Mann, der sie überfallen hatte, davon aus, dass ihre Verletzung tödlich gewesen sein musste, denn er hatte sie einfach zurück gelassen.

Carla hatte jegliches Zeitgefühl verloren. Außer den Schmerzen verspürte sie Durst. Sie musste unbedingt etwas zu trinken auftreiben und Flüssigkeit zu sich nehmen. Trotz ihres schlechten Zustands realisierte sie, dass ihr Verstand sie nicht im Stich ließ. Sie war von starker Konstitution, und schon nach wenigen Tagen würde sie wieder die Alte sein. Könnte wieder in ihr früheres Leben treten. Allein bei dem Gedanken schüttelte es sie. Denn es bedeutete weiterhin, Anhängsel eines angesehenen Mannes zu sein, der lediglich ein Püppchen für seine Repräsentationspflichten brauchte. Wie sie sich dabei fühlte, hatte ihn noch nie interessiert. Sie musste nur bei allen Empfängen die Gäste freundlich anlächeln und die Rolle der liebenden Ehefrau spielen. Nein, dieses Theater würde nun ein Ende finden.

Wie sich Achim wohl fühlt, ging es ihr durch den Kopf. Bestimmt hatte man ihn erpresst, und wenn sie nicht zurückkehren wird, würde er sie für tot halten. Von den Entführern ermordet. Doch seine Sorge würde nur seinem Imageverlust gelten. Dass sie kaltblütig von den Entführern ermordet sein könnte, Angst ausgestanden haben und vielleicht sogar gequält worden ist, dürfte ihm so ziemlich egal sein. Sie konnte sich ihren Mann lebhaft vorstellen, wie er vor Wut schäumen und wie er bis zur Weißglut kochen würde. Wenn er nicht wusste, ob er vor Kälte mehr zitterte oder vor Hitze umkam, beschrieb er seinen Zustand als heißkalt. So nannte er dieses Gefühl, und Carla konnte jetzt zum ersten Mal in ihrem Leben nachvollziehen, was er dabei empfunden haben mochte. Denn trotz der Kälte, die in ihren Knochen steckte, fühlte sie eine Wärme in sich aufsteigen. Heißkalt, so fühlte sie sich jetzt auch! Ihr Entschluss stand fest: Sie würde ein neues Leben beginnen. Ein wenig unbeholfen richtete sie sich auf und ordnete ihre Kleidung, so gut es unter den gegebenen Umständen möglich war, denn ein neues Leben wartete auf sie.

Gewitter am Großglockner

Beim Frühstück besprechen Svenja und Nathalie, wie sie den heutigen Tag verbringen wollen. Sie sind, wie jedes Jahr, wieder ins Virgental zum Wandern gefahren und nun schon die zweite Woche vor Ort. Erst gestern haben sie noch eine Pause eingelegt, weil das Wetter unbeständig war. Die Zimmerwirtin fragt gerade nach, ob sie noch Kaffee bringen soll. „Sag mal, Bruni, was sagt der Wetterbericht für heute?", will Nathalie von ihr wissen. „Wir würden gerne nach Kals fahren und von dort eine Tour machen."

„Ja, so richtig gut ist es noch nicht. Sie sagen halt auch wieder Regen voraus und Gewitter können auch dabei sein. Aber wenn ihr nicht zu spät losgeht, müsste es schon passen."

„Ich weiß nicht", meint Svenja, „mir langt es noch, wie wir damals bei der Gratwanderung am Kitzsteinhorn vom Gewitter überrascht wurden. Ich muss das nicht noch einmal haben."

Schließlich sind sich die beiden Frauen darüber einig, dass sie zum Wandern in den Urlaub gefahren sind und nicht tagelang darauf warten können, dass das Wetter besser wird. So machen sie sich am Morgen des 4. August 2010 auf. Zunächst geht es mit dem Auto Richtung Kals am Großglockner. Von da führt eine Mautstraße zum Lucknerhaus auf 1920 m. Am Parkplatz schnüren sie ihre Wanderschuhe und schultern ihre Rucksäcke. Zunächst wollen sie einmal bis zur Lucknerhütte auf 2241 m steigen und dann eine Entscheidung treffen. Der Weg dorthin führt über einen breit angelegten Pfad, der sowohl von vielen Alten, als auch von jungen Familien begangen werden kann. Die ganze Wegstrecke genießt der Wanderer einen wunderbaren Blick auf den Großglockner, der ihm quasi zu Füßen liegt. In der vergangenen Nacht muss es dort oben geschneit haben, denn der Gipfel ist wie mit weißem Puder bestäubt. Vor dem zu diesem Zeitpunkt noch strahlend blauen Himmel und von der Sonne beschienen, bietet er einen grandiosen Anblick.

Auf dem Weg zur Lucknerhütte, die Svenja und Nathalie schon nach einer guten Stunde erreichen, überholen sie viele Wanderer, die hier ihr Tagesziel erreicht haben. Dementsprechend schnell wird es auch bei schönem Wetter auf der Terrasse voll. Die beiden Frauen beschließen, direkt weiter zur Stüdlhütte aufzusteigen, die auf 2801 m liegt. Die einzige Pause, die sie sich gönnen, ist ein Schluck aus der Wasserflasche. Lieber wollen sie oben am Ziel eine ausgiebige Rast einlegen. Nach ungefähr zwei Stunden fragen sie sich, wo nun die Hütte sein soll, denn von ihr ist weit und breit nichts zu sehen. Aber dann taucht sie völlig unvermittelt vor ihnen auf. Hinter einem kleinen Linksknick liegt die futuristisch anmutende Stüdlhütte versteckt.

„Hast du schon einmal so eine Schutzhütte gesehen?", fragt Svenja. „Die sieht ja aus wie eine Lagerhalle."

„Stimmt, da muss ich dir recht geben. Komm, lass uns dort hinten einen geschützten Platz bei den Steinen suchen. Dann ruhen wir uns aus und essen erst einmal etwas."

Da der Wind hier oben heute recht kalt ist, wird die Pause kürzer ausfallen als geplant. Leider ist auch vom Gipfel des Großglockners kaum mehr etwas zu sehen. Nur ab und zu, wenn die Wolken ihn für kurze Zeit freigeben, kann man Teile wie bei einem Puzzle davon erkennen. Aber dafür zeichnen sich weiter unten deutlich die Reste der Gletscherzunge ab. Svenja holt ihr Fernglas aus dem Rucksack und kann damit sogar die unzähligen Gletscherspalten erkennen. Wie es hier wohl vor über einhundert Jahren ausgesehen haben mag? Ob die Gletscher bis an die Stüdlhütte gereicht haben? Der erste erwähnte Bau weist immerhin auf das Jahr 1868, und da soll die Hütte noch wie eine richtige Hütte ausgesehen haben. Lediglich den in dieser Höhe vorherrschenden enormen Windgeschwindigkeiten hat sie ihr heutiges energieeffizientes Aussehen zu verdanken.

Nathalie und Svenja beobachten, wie sich einige Wanderer von hier aus direkt auf eine Gipfelbesteigung begeben. Sie selbst wollen aber über den Stüdlweg zur Glorerhütte absteigen, die nur noch auf 2642 m liegt. Der im Wanderführer als schwarz gekennzeichnete Weg weist zwar auf einige ausgesetzte, schwierige Stellen hin, doch fühlen sich die beiden Frauen als geübte Bergsteigerinnen dieser Herausforderung gewachsen. Zunächst kommen sie auch zügig voran, doch dann müssen sie ihre Wanderstöcke in die Rucksäcke packen, weil sie beide Hände zum Klettern benötigen. Über in den Berg eingelassene Leitern geht es weiter, und sie müssen sich gut an den Drahtseilen für den Fall festhalten, dass sie keinen sicheren Tritt haben. Wer hier abstürzt, hat keine Chancen mehr. Zum Glück haben sie nach einer bangen Viertelstunde die schwierigsten Stellen hinter sich gelassen und können wieder zügig ihren Weg fortsetzen. Sie erreichen das Berger Törl unmittelbar vor der Glorerhütte und beschließen, erst einmal dort einzukehren.

„Also, wenn du mich fragst", meldet sich Svenja zu Wort, „dann würde ich jetzt den direkten Weg herunter nehmen. Wirf mal einen Blick auf die Karte: Entlang des Berger Baches würden wir schnell an Höhe verlieren, was bei einem aufziehenden Gewitter von Vorteil ist."

„Das stimmt schon. Aber ich kenne den Wiener Höhenweg von früheren Wanderungen. Er ist, gerade weil er auf fast der gleichen Höhe weiterführt, natürlich viel schöner. Du bist die ganze Zeit auf Zweieinhalbtausend Metern. Und gefährliche Passagen gibt es da auch nicht mehr. Komm, lass uns den gehen."

Svenja ist skeptisch und fragt den Hüttenwirt, wie er das Wetter in den nächsten Stunden einschätzt.

„Das kann ich euch auch nicht sagen. Der Wetterbericht sagt unbeständiges Wetter voraus. Es kann regnen und auch gewittern. Hier oben scheint manchmal die Sonne und eine halbe Stunde später ist plötzlich alles zu und es hagelt. Woher soll ich wissen, was gleich ist?", meint er schulterzuckend.

Eine wirkliche Hilfe war der jetzt auch nicht. Aber eine Entscheidung muss getroffen werden. „Meiner Meinung nach sollten wir lieber losgehen und nicht noch mehr Zeit verstreichen lassen. Noch ist das Wetter gut. Komm, los!", drängt Nathalie und steht schon auf. „Ich gehe nur noch mal kurz zur Toilette."

Obwohl Svenja von der Idee nicht begeistert ist, lässt sie sich doch überreden, und die beiden Frauen halten sich links, Richtung Wiener Höhenweg. Hinter sich lassen sie schnell die Glorerhütte zurück. Immer wieder drehen sie sich noch einmal um, die Hütte wird immer kleiner und verschwindet schließlich ganz aus ihrem Blickfeld. Vom Großglockner sehen sie auch schon gar nichts mehr – der Berg ist von dichten Wolken umgeben. Aber was sich da vor ihnen auftut, sieht gar nicht gut aus. Von Süd-Westen her schiebt sich eine Wolkenwand auf sie zu. Svenja wird schon leicht unruhig und drängt zur Eile. Wenn auch der Weg für hiesige Verhältnisse gut ist, so ist doch weiterhin Trittsicherheit gefragt, die äußerste Konzentration erfordert. Der Himmel sieht zunehmend bedrohlicher aus. Dunkel grau bis hinein ins Lila sieht die Front aus, die unaufhörlich in ihre Richtung zieht.

Erstes Donnergrollen ist zu vernehmen, und Svenja schwankt zwischen Wut und Angst. „Ich habe es kommen sehen. Was habe ich dir gesagt? Ich wollte nicht, dass wir diesen Weg nehmen. Wären wir entlang des Baches gegangen, wären wir zwar jetzt auch noch nicht am Auto, aber wir wären entschieden in tiefer gelegenem Gelände und damit bei einem Gewitter sicherer. Hier oben haben wir keine Möglichkeit, einen Unterschlupf zu finden."

Svenja hat den Satz gerade ausgesprochen, da sehen sie auch schon einen Blitz am Himmel zucken. Viel zu schnell folgt der Donner, was schnelles Handeln erfordert.

„Komm, wir müssen unsere Wanderstöcke weit weg von uns irgendwo hinter einen Stein legen, damit sie nicht verloren gehen", sagt Nathalie. „Unsere Stöcke dürfen wir nicht in unserer Nähe behalten, weil sie aus Metall sind. Vor allem müssen wir jetzt einen klaren Kopf bewahren und unsere Handys unbedingt ausstellen."

Ganz plötzlich fängt es auch schon an zu hageln. Svenja und Nathalie haben kaum Zeit, ihre Regenumhänge überzuziehen und sich damit wenigstens notdürftig vor der Nässe zu schützen. Sie kauern sich auf ihre Rücksäcke und es bleibt ihnen nichts anderes übrig, als einfach abzuwarten. In der Hocke hoffen sie, für die Blitze kein Ziel abzugeben. Die dicken Hagelkörner treffen ihre Köpfe und auch ihre Rücken empfindlich, aber darum machen sie sich zu diesem Zeitpunkt die geringsten Sorgen. Denn dass die Situation jetzt für sie gefährlich ist, kann niemand bestreiten. Ein Blitz jagt den nächsten und der Donner folgt unmittelbar darauf. Es kracht so laut und in kurzen Abständen, dass es sogar Nathalie ein wenig mulmig wird, obwohl sie sonst von den Naturgewalten fasziniert ist. Rechte Hand ihres Weges sehen sie, wie die Blitze in das Tal hinunterfahren, in das sie später absteigen wollen.

„Hast du den Blitz gesehen?", will Nathalie von Svenja wissen, die sie kaum hören kann. Die gibt ihr aber keine Antwort und denkt sich nur, dass sie gar nicht sehen will, wie die Blitze aussehen. Sie verflucht sich, dass sie sich auf dieses Abenteuer eingelassen hat. Was ist, wenn sie jetzt hier beide vom Blitz erschlagen werden? Und das alles nur, um einen schönen Ausblick genießen zu können, wie Nathalie es formulierte.

Svenja merkt gar nicht, wie sich langsam der Abstand zwischen den Blitzen und dem folgenden Donner verlängert und der Hagel in Regen übergeht. Es wird auch wieder heller und Svenja atmet auf: „Ich glaube, das war es jetzt. Das Schlimmste ist wohl vorbei. Da haben wir noch einmal Glück gehabt." Mit diesen Worten will sich Svenja selbst beruhigen und gut zureden. „Ich habe versucht, an etwas Schönes zu denken. Dabei habe ich mein Zeitgefühl verloren."

Nathalie erhebt sich und schüttelt erst einmal die vielen Hagelkörner aus ihrem Regenumhang: „Mir wäre es auch lieber gewesen, bei einem Gewitter nicht mehr in dieser Höhe zu sein. Aber immerhin haben wir uns korrekt und der Situation angepasst verhalten."

Sie läuft ein paar Meter zurück, wo sie die Wanderstöcke deponiert haben und überreicht Svenja ihre Stöcke: „Hier, dann lass' uns mal zusehen, dass wir den Rest auch noch schaffen, bevor ein weiteres Gewitter aufzieht."

Auch wenn es noch nicht aufgehört hat zu regnen, hindert dieser Umstand die beiden nicht an der Fortsetzung ihres Weges. Sie bleiben noch eine Zeitlang auf gleicher Höhe, bevor es dann ab dem Peischlachtörl deutlich abwärts und endlich über Almen zurück zum Lucknerhaus und damit zu ihrem Auto geht.

Kurt geht fremd

Abgehetzt betritt Bettina das kleine Lokal „Zum Anker". Ihre suchenden Blicke treffen in dem übersichtlichen Gastraum schnell auf Doris, die bereits ungeduldig auf ihre beste Freundin wartet. Augenblicklich erhebt sich Doris und begrüßt Bettina: „Schön, dass du so kurzfristig umdisponieren konntest. Ich habe schon mal für uns beide Bratkartoffeln, Matjes und ein Bier bestellt. Du bist hoffentlich damit einverstanden?"

„Klar, du weißt doch, wie gerne ich den Matjes hier esse. Da kommt kein anderes Lokal mit. Aber jetzt mal raus mit der Sprache! Was hast du mir so Wichtiges zu sagen, dass ich meine Besprechung verschieben musste, um mich Hals über Kopf mit dir zu treffen?"

„Also... Ich will nicht lange um den heißen Brei herumreden. Kurt hat eine andere."

„Nein!", entfährt es Bettina, die ungläubig ihre Augen weit aufreißt.

Die Bedienung will gerade die beiden Pilsgläser servieren, als diese irritiert auf Bettina sieht: „Stimmt etwas nicht? Ist alles in Ordnung?"

„Nein, doch, danke sehr, alles bestens", stammelt Bettina.

Als sich die Kellnerin wieder abgewandt hat, sieht sie mit zusammengekniffenen Augen Doris an und schüttelt den Kopf: „Das glaube ich nicht, Kurt und eine andere? Das passt nicht zu ihm. Wie kommst du überhaupt darauf?"

„Vanessa hat es mir heute früh gesagt, als ich sie zum Kindergarten gebracht habe."

„Und woher will das ausgerechnet deine kleine Tochter wissen? Kurt wird es ihr ja wohl kaum gesagt haben."

Doris sieht bitter auf und setzt zu einer Erklärung an: „Sie war gestern mit ihrem Vater draußen vor dem Haus, während ich beim Friseur war. Kurt hat sich, wie sie mir erzählte, mit jemandem unterhalten, ein Arbeitskollege vielleicht, Vanessa kannte ihn nicht. Im Laufe des Gesprächs müssen die beiden Männer das Thema angesprochen haben, während Vanessa alles mitbekommen hat. So eine Unverfrorenheit. Vor dem Kind seine Liebesgeschichten auszubreiten."

Die Kellnerin serviert das Essen und die beiden Frauen bedanken sich bei ihr. Beide stochern ungewohnt lustlos in ihrem Essen herum und Doris kann vor Wut und Enttäuschung ihre Tränen kaum noch zurückhalten.

Bettina bricht als erste das Schweigen: „Ich kann verstehen, dass dir zum Heulen ist. Aber das hilft nun alles nichts, und du musst einen klaren Kopf bewahren. Versprich mir, dass du deinen Mann noch heute zur Rede stellst und du dich auf keinen Fall von ihm um den Finger wickeln lassen wirst."

„Worauf du dich verlassen kannst! Ich bin gespannt, was der Schuft zu seiner Entschuldigung vorzubringen hat."

Als Kurt am Abend nach Hause kommt und seiner Frau zur Begrüßung einen liebevollen Kuss geben will, weist ihn Doris schroff ab.

„Schatz, ist was?"

„Ob etwas ist? Das müsste ich wohl eher dich fragen. Du mieser Kerl, du hast mich betrogen. Wie lange geht das schon?"

Jetzt, da es heraus ist, kann sich Doris nicht mehr zusammenreißen, und sie bricht lauthals in Tränen aus.

Kurt steht wie vom Donner gerührt da und weiß nicht, wie ihm geschehen ist. Er will Doris in seine Arme nehmen, sucht nach den passenden Worten, doch sie brüllt, wobei sie ihm jedes einzelne Wort entgegenschleudert: „FASS MICH NICHT AN!"

Weinend steht die kleine Vanessa in der Tür: „Mama, warum weinst du? Hat es etwas mit Papas kaputter Beziehung zu tun?"

Kurt traut seinen Ohren nicht. „Was sagst du da, Kleines? Von was für einer kaputten Beziehung redest du da?"

„Na die, von der du gestern gesprochen hast. Draußen, mit dem Mann."

Kurt braucht ein paar Sekunden, bis er begreift. Dann bricht er befreit in lautes Gelächter aus und setzt sofort zu einer Erklärung an, noch bevor Doris sich wieder zu Wort melden kann: „Ja, ich weiß jetzt, was los ist. Ein dummes Missverständnis. Ich habe mich mit Walter, du kennst ihn, Schatz, meinen früheren Schulfreund, unterhalten. Wir kamen von Höcksken auf Stöcksken und schließlich auch auf die Zeit zu sprechen, als wir noch die Schulbank gedrückt haben. Und irgendwann war das Thema Literatur an der Reihe. Da habe ich ihm gesagt, dass meine Beziehung zu Goethe, Lessing und Schiller schon in der Schule kaputt gemacht wurde."

Ein Single fliegt selten allein

„Die nächste Abfahrt musst du runter", signalisierte Felix seinem Arbeitskollegen Martin, der ihn trotz der unchristlichen Zeit bereitwillig zum Flughafen Köln-Bonn chauffierte.

„Bist du so aufgeregt oder was ist los mit dir? Ich bin den Weg schon x-mal gefahren und weiß, wo es lang geht."

„Na ja, irgendwie bin ich schon etwas aufgeregt. Nicht wegen des Fluges, nein, damit habe ich keine Probleme. Aber alleine habe ich noch nie einen Urlaub verbracht. Beim letzten Mal war ich noch mit Tina zusammen. Es ist schon etwas anderes, wenn man ohne Partner verreist und völlig auf sich gestellt ist. Ich wollte in diesem Sommer nicht auf einen Urlaub verzichten und hoffe einfach, mich irgendeiner Clique anschließen zu können, damit ich abends nicht alleine abhängen muss."

Martin lenkte sein Fahrzeug in eines der Parkhäuser und fand schnell einen freien Platz: „So, wie ich dich kenne, wirst du schon am ersten Tag Leute finden, mit denen du etwas unternehmen kannst. Los, lass uns zum Schalter, es wird Zeit."

Als sie die große Abfertigungshalle erreichten, steuerten sie zur Orientierung zunächst eine Anzeigentafel an. Zielstrebig begaben sie sich daraufhin zu dem Schalter, an dem sich die Fluggäste nach Cagliari einchecken sollen und stellten sich hinten in die Reihe der Mitreisenden an.

„Sieh mal, die da vorne, mit den langen Haaren und so einem bunten Oberteil, siehst du die?", meinte Martin aufmunternd zu Felix und boxte ihm dabei freundschaftlich in die Seite.

„Was soll mit der sein?", fragte der unschuldig zurück.

„Na, ich würde sagen, das ist eine Sahneschnitte. Ich stelle erstens fest, dass sie alleine verreist, zweitens hat sie ergo keinen Mann und drittens fliegt sie genau wie du nach Sardinien. Wenn das kein Glückstreffer ist, dann weiß ich auch nicht."

In diesem Moment rannte ein kleines Mädchen, das offensichtlich auf der Toilette war, auf die Frau zu. Sie schien beim Anblick der Kleinen erleichtert, nahm sie sofort auf den Arm und drückte sie herzlich. Mit einem ironischen Seitenblick auf seinen Freund meinte Felix: „So viel dazu, dass sie alleine ist. Mit dir geht manchmal einfach die Fantasie durch."

Bis zum Boarding warf Felix immer wieder einen Blick auf die junge Frau, und er ärgerte sich über sich selber, dass er ständig in ihre Richtung sah. Aber ihre Leggings brachte die Form ihrer Beine so vorteilhaft zur Geltung, und überhaupt war sie eine Erscheinung, der er sich einfach nicht entziehen konnte. Irgendwie zog sie seine Blicke magisch an. Vergiss es, schalt er sich, sie ist kein Single wie du und hat sogar ein Kind. So spielt halt das Leben!

Endlich wurde sein Flug aufgerufen, und er betrat den Airbus durch einen „Finger". Schnell verstaute er sein Gepäck und behielt für den Flug nur ein Buch, das er sich als Reiselektüre extra besorgt hatte. Nach und nach füllte sich das Flugzeug, die Passagiere nahmen Platz und erste Gepäckfächer wurden mit einem typischen Klackgeräusch geschlossen.

„Hier ist unsere Reihe", hörte Felix, der gelangweilt aus dem Fenster sah, eine Mädchenstimme aufgeregt ausrufen.

„Richtig Leonie. Das sind unsere Plätze. Dann rutsch du mal auf den mittleren Platz, von da aus kannst du vielleicht noch etwas sehen."

Felix glaubte seinen Augen nicht zu trauen, als er in das freudestrahlende Gesicht der sympathischen Frau sah, die er bereits seit geraumer Zeit immer wieder betrachtet hatte. Mit einem freundlichen „Guten Morgen" begrüßte ihn Marion.

Nachdem sie neben der Kleinen selbst Platz genommen hatte, half sie dem Mädchen beim Anschnallen. Felix entging natürlich nicht, dass diese aufgeregt versuchte, durch das kleine Fenster etwas von dem geschäftigen Treiben auf dem Flugplatz zu erhaschen: „Möchtest du gerne meinen Platz am Fenster haben? Ich würde ihn dir gerne überlassen."

Die Kleine blickte Marion fragend an, die sofort in seine Richtung gewandt erwiderte: „Das wäre äußerst nett von Ihnen. Wir haben leider erst spät einchecken können und keinen Fensterplatz mehr bekommen."

„Aber das ist doch selbstverständlich", meinte Felix ganz Kavalier.

Marion trat hinaus auf den Gang, gefolgt von Leonie und Felix, der schließlich am Gang den letzten Platz einnahm. Leonie war indessen überglücklich und strahlte übers ganze Gesicht, nachdem sie sich bei dem Fremden für die großzügige Geste bedankt hatte.

Nach den üblichen Sicherheitseinweisungen und einer Begrüßung durch den Piloten rollte das Flugzeug schon in Richtung Startbahn. Wegen eines vorrangig landenden Flugzeuges mussten sie einen Moment warten, bevor der Pilot die Maschine in die Startposition bringen konnte. Schon heulten die Triebwerke laut auf, der gigantische „Vogel" setzte sich schnell in Bewegung, beschleunigte immer mehr, die Passagiere wurden durch den kraftvollen Schub in ihre Sitze gedrückt, und innerhalb weniger Sekunden befanden sie sich in der Luft. Noch während des Steigflugs nahm der Pilot einige richtungsweisende Korrekturen vor, und die Flugbegleiterinnen bereiteten den Boardservice vor.

Erst am Tag zuvor hatte Marion für eine Kollegin die Spätschicht übernehmen müssen und konnte in der Nacht aus Angst, den Wecker nicht zu hören, kaum Schlaf finden. Schließlich musste sie mit Leonie schon um drei Uhr von zu Hause aufbrechen. Das eintönige Fluggeräusch übte auch dieses Mal auf sie eine beruhigende Wirkung aus, und so dauerte es nicht lange, bis ihr die Augen zufielen. Wie zur Entschuldigung erklärte Leonie dem jungen Mann, der ihr seinen Fensterplatz überlassen hatte: „Sie musste noch bis ganz spät arbeiten und konnte nur wenig schlafen." Und altklug setzte sie hinzu: „Ich lass' sie in Ruhe schlafen, damit sie später richtig wach ist. Sie hat mir versprochen, dass wir sofort an den Strand gehen, und heute Abend gehen wir sogar aus."
Amüsiert hörte Felix der jungen Dame zu, die sich völlig selbstbewusst äußerte.

„So, ausgehen wollt ihr heute Abend? Na, aber bevor ihr an den Strand gehen könnt, müssen sicher erst die Koffer ausgepackt werden."

„Klar, aber das geht schnell, wenn ich mithelfe. Außerdem müssen wir nicht mehr lange fahren. Wir haben es nicht weit bis zum Hotel Panorama."

„Wie heißt du denn eigentlich?", wollte Felix von der Kleinen wissen. Nachdem sie ihm ihren Namen verraten hatte, fragte er sie noch nach ihrem Alter.

„Ich bin schon sechs und komme in die Schule, wenn die Ferien zu Ende sind."

Plötzlich wurde es im Flugzeug für einen kurzen Moment unruhig, und Leonie sah erstaunt auf die Tragflächen, die richtiggehend vibrierten, als könnten sie sich jeden Moment vom Rumpf des Flugzeugs lösen. „Sind wir jetzt in ein Luftloch geflogen?", fragte Leonie etwas ängstlich.

„Na ja, das sagt man nur so. Weißt du, es gibt keine Löcher in der Luft. So stellen sich das nur viele Menschen vor. Aber tatsächlich gibt es in den Höhen, in denen unsere Flugzeuge heutzutage fliegen, um teures Kerosin einzusparen, unterschiedliche Strömungen. Stell dir das einmal so vor, dass ein Teil der Luft nach oben steigt, der andere Teil aber nach unten will. Dann spricht man von Turbulenzen."

„Und sind diese Turbulenzen gefährlich?", wollte Leonie wissen, wobei sie Felix mit großen Augen ansah.

„Da, wo wir heute hinfliegen, gibt es ganz sicher keine gefährlichen Turbulenzen. Über den großen Weltmeeren, über dem Atlantik oder Pazifik, können die aber schon einmal heftiger ausfallen. Je nach Jahreszeit treten sie häufiger auf und stellen tatsächlich ein kleines Risiko dar. Zum Glück erkundigen sich alle Piloten vor einem geplanten Flug beim Wetterdienst, so dass du dir darum keine Sorgen machen musst."

„Sie haben aber ganz schön viel Ahnung", stellte Leonie voller Bewunderung fest.

„Das gehört eigentlich zum Allgemeinwissen", spielte Felix sein Wissen herunter. „Du darfst ruhig ‚du' zu mir sagen und mich Felix nennen." Kaum hatte er das ausgesprochen, fragte er sich, was das nun wieder sollte. Aber er hatte Spaß an der Unterhaltung, die er gerne weiterführen wollte, da sie ihm eine willkommene Abwechslung bot.

„Dann hätte das mein Papa auch gewusst, er weiß nämlich auch ganz viel und hat viel Allgemeinwissen."

„Ja, natürlich, dein Papa hätte das sicher auch gewusst", gab er Leonie zur Antwort. Zu sich selbst sagte er, na klar, einen Papa gibt es natürlich auch noch. Wie konnte ich das auch vergessen, wenn es schon ein Kind gibt?

„Bist du schon oft geflogen?", wollte Leonie weiter wissen.

„Ja, ich bin schon häufig in den Urlaub geflogen. Aber noch nie so alleine wie heute." Schon wieder hätte er sich für diese Antwort ohrfeigen können.

„Wieso bist du denn alleine? Hast du keine Frau?"

Auch das noch. Mit so einer Frage hätte er bei diesem aufgeweckten Kind rechnen müssen.

„Nein, Leonie, ich bin nicht verheiratet. Aber ich hatte eine langjährige Freundin. Leider haben wir uns nicht mehr verstanden, und nun muss ich mir eine neue Freundin suchen."

Leonie blickte ihn erstaunt an und schien eine Weile über etwas nachzudenken. Bevor sie weitere Fragen stellen konnte, fragte er sie im Gegenzug: „Bist du denn schon einmal geflogen?"

„Ja, mit meinen Eltern zusammen. Aber da war ich noch viel jünger und kann mich an nichts mehr erinnern."

Felix musste lachen: „Das kann ich mir denken, dass du davon nicht mehr viel weißt. Warum ist denn dein Papa nicht mitgekommen?" Zu spät, jetzt hatte er die Frage gestellt. Er wusste selbst nicht, warum er das wissen wollte.

„Papa hat gerade seinen ersten Job bekommen. Er hat gesagt, dass er nicht sofort Urlaub nehmen kann, und wir erst im nächsten Jahr zusammen wegfahren können. Aber das macht nichts. Ich habe Marion ganz lieb und freue mich, weil man mit ihr zusammen immer ganz viel Spaß hat."

Das kann ich mir gut vorstellen, mit der könnte ich auch meinen Spaß haben, schoss es Felix durch den Kopf. Ihm fiel auch auf, dass Leonie ihre Mutter beim Vornamen nannte, aber vielleicht war das heutzutage üblich und die gute alte ‚Mama' hatte ausgedient.

Nun war aber seine Neugier geweckt: „Was hat denn dein Papa für einen Job, wie du es nennst?"

Worauf ihm Leonie bereitwillig antwortete: „Er ist ein Doktor und arbeitet jetzt im Krankenhaus. Mama studiert noch Medizin und wird auch Ärztin." Und nicht ohne Stolz fügte sie hinzu: „Mama schreibt jetzt an ihrer Doktorarbeit und braucht mal etwas Ruhe, damit sie sich besser konzentrieren kann. Und weil Papa keine Zeit hat und immer im Krankenhaus ist, hat mich Marion gefragt, ob ich Lust habe, mit ihr zu verreisen. Das fand ich ganz toll von ihr."

„Moment mal, Marion ist das hier", wobei er auf seine schlafende Nachbarin zeigte. „Und Marion ist gar nicht deine Mama?"

„Nein, wieso meinst du denn, dass Marion meine Mama ist? Marion braucht jetzt einen Tapetenwechsel, so hat sie das erklärt. Sie hatte nämlich einen Freund, den sie in den Wind geschossen hat und den sie nie wieder sehen will. Und jetzt sucht sie sich einen neuen Freund."

Felix sah hinaus auf die unendliche Weite des Himmels. Die aufgehende Sonne kündigte einen neuen Tag an, und der Himmel leuchtete rosarot. Felix kam es vor, als würde nicht nur ein neuer Tag, sondern für ihn ein neues Leben beginnen, und er fühlte in diesem Augenblick tausend Schmetterlinge in seinem Bauch. Bei Leonie erkundigte er sich: „Wie war noch mal der Name des Hotels, in dem ihr euren Urlaub verbringt?"

Bärbel in ihrem Element

Der Haustürschlüssel drehte sich im Schloss und Susanne rief: „Hallo Mum, ich bin wieder da!" Erstaunt darüber, keine Antwort zu erhalten, setzte sie sofort hinterher: „Was ist denn...", und brach plötzlich ab, als sie merkte, dass die Lautstärke des Fernsehers mit Absicht höher gestellt wurde. Dafür konnte es nur eine Erklärung geben, dass nämlich gerade eine wichtige Nachricht über den Sender lief. Schnell zog sie aufgeregt ihre Schuhe aus und eilte ins Wohnzimmer. Ihre Eltern saßen beide wie in Trance auf dem Sofa und starrten zum Bildschirm. Was Susanne noch von der Meldung mitbekam, klang so unglaublich, dass sie nur zu gerne geglaubt hätte, es würde sich um eine satirische Fernseh-Show handeln. Aber die entsetzten Gesichtsausdrücke ihrer Eltern zeugten vom Gegenteil.

Der Nachrichtensprecher wechselte das Thema und Rudolf schaltete sofort den Fernseher aus. „Das mit dem Tsunami bei uns sollte doch wohl ein Scherz sein?", fragte Susanne unsicher. Bärbel trat auf ihre Tochter zu und nahm sie in ihre Arme: „Nein mein Schatz. Das, was niemand für möglich gehalten hat, ist eingetreten. Es hat tatsächlich einen Tsunami bei uns in der Nordsee gegeben. Ich kann es auch noch gar nicht fassen."
„Aber das gibt es doch gar nicht. Nicht in der Nordsee. So etwas passiert nur, nur, nur in den großen Weltmeeren.", stammelte Susanne.

„Da irrst du dich", meldete sich Rudolf zu Wort. „Die haben vorhin in einer Sondermeldung gesagt, dass England vor rund 8000 Jahren sogar noch mit Holland und Dänemark verbunden gewesen sein soll, und erst durch eine Tsunamikatastrophe im Gebiet der heutigen Nordsee ist England vom Festland getrennt worden."

„Was weiß ich, was vor 8000 Jahren war, Papa. Das war ja in vorsintflutlicher Zeit. Heute gibt es das doch nicht mehr."

Rudolf, der zwischenzeitlich seinen Computer hochgefahren hatte, wusste zu berichten: „Auch da bist du auf dem Holzweg, meine Liebe. Ich habe mir nicht alles merken können, wann genau das gewesen sein soll und *binge* es gerade. Ja, hier habe ich es schon: Am 5. Juni 1858, also vor gerade mal gut 150 Jahren, ist ebenfalls in der Nordsee ein Tsunami ausgelöst worden. Auf Sylt, Wangerooge und Helgoland wollen das Zeitzeugen bestätigt haben. Genau aus dem Grunde hat man im Jahr 2004 bei uns ein Frühwarnsystem installiert, das seitdem die Küstenbewohner und Badegäste schützen soll. Allerdings, so wurde es gerade von Experten in der Sondersendung betont, hat niemand wirklich mit so einem Szenario gerechnet."

„Das ist ja der Hammer! Und ich dachte immer, das gibt es nur alles ganz weit weg, am anderen Ende der Welt."

„Oder hier sehe ich gerade", meinte Rudolf, der kaum noch zu bremsen war, „dass auch das Mittelmeer schon von einem Tsunami heimgesucht wurde. In Messina soll es 1908 sogar 90.000 Tote gegeben haben."

„Wie sieht denn die Bilanz bei uns aus? Weiß man schon, ob es Tote oder Verletzte gegeben hat? Ich hatte auf dem Heimweg im

Auto eine CD eingelegt, sonst hätte ich schon etwas über das Unglück gehört."

„Bisher ist darüber noch nichts bekannt", gab Rudolf seiner Tochter zur Antwort. „Rettungskräfte vom THW und der Bundeswehr sind unterwegs. Ein Krisenstab ist einberufen und koordiniert die Einsätze. Was die Zahl der Toten und Verletzten angeht, so dürfte sich diese in Grenzen halten, da die Anwohner noch rechtzeitig durch den Katastrophenschutz evakuiert werden konnten. In den angrenzenden Staaten Dänemark und England dürfte es ähnlich aussehen. Wenn es Opfer gibt, dann wohl die, die sämtliche Warnungen in den Wind geschlagen und sich unvernünftig verhalten haben. Eine Katastrophe, wie sie sich am 2. Weihnachtstag 2004 im Indischen Ozean ereignet hat, ist bei uns zum Glück undenkbar. Doch darf man nicht vergessen, dass das für die Menschen in den Küstengebieten trotzdem eine Tragödie ist. Tausende werden alles verloren haben und stehen vor dem Nichts."

„Mama, was ist mit dir? Warum sagst du nichts mehr?"

„Ich habe euch einfach nur zugehört, und mir gehen die Gedanken nicht mehr aus dem Kopf, irgendwie helfen zu müssen. Geld sammeln oder, ja genau! Man könnte beispielsweise ein Benefizkonzert auf die Beine stellen, um den Opfern ganz schnell unter die Arme greifen zu können."

„Jetzt mach' aber mal einen Punkt. So ein Konzert ist eine Hausnummer zu groß für dich. Nur weil du ein paar Kontakte hast, meinst du gleich, so etwas organisieren zu können."

„Das ist typisch für dich. Wenn jeder so wie du denken würde, passiert einfach gar nichts", entgegnete Bärbel ihrem Mann leicht gekränkt. „Wenn alle nur die Hände in den Schoß legen, würde es solche Veranstaltungen nie geben. Du musst es nur richtig und ganz groß aufziehen. Nicht im kleinen Rahmen. Wir müssen die Stadthalle mieten, die Platz für hunderte Besucher bietet."

„Jetzt spinnst du aber total. Lass mal die Kirche im Dorf."

„Mama, meinst du das im Ernst? Wie stellst du dir das denn vor?", wollte Susanne wissen. Doch eigentlich war das nur eine hypothetische Frage, denn sie wusste, dass sich ihre Mutter von dem, was sie sich einmal in den Kopf gesetzt hat, nicht mehr abbringen lassen würde. Bärbel ließ das Thema vorerst fallen und deckte den Abendbrottisch. Doch in ihr reifte bereits der Gedanke an ein Benefizkonzert, und längst hatte sie den Entschluss gefasst, ihn in die Tat umzusetzen. Sie wusste nur noch nicht, in welcher Reihenfolge sie vorgehen würde.

Am nächsten Morgen erwähnte sie ihr Vorhaben beim Frühstück mit keiner Silbe, obwohl das Thema natürlich in den Morgennachrichten einen breiten Raum einnahm.

Als Rudolf am späten Nachmittag von der Arbeit kam, ließ sie sofort die Bombe platzen: „Ich habe Herrn Klune, den Pächter unserer Stadthalle angerufen und bin mit ihm den Hallenplan durchgegangen. Für den Samstag in drei Wochen habe ich den kompletten Saal gemietet. Unser Bürgermeister hat sich als Schirmherr für die Veranstaltung zur Verfügung gestellt und zugesichert, dass die Stadt keine Kosten für die Miete erheben wird. Na, was sagst du dazu?"

Kopfschüttelnd antwortete Rudolf irritiert: „Was soll ich dazu sagen? Du machst einen Sprung ins kalte Wasser und riskierst dabei, unterzugehen. Wie stellst du dir das vor? Deine Absichten sind ja ehrenhaft, aber was ist, wenn die ganze Sache floppt? Woher willst du so viele Künstler nehmen, die alle ohne Gage auftreten müssten?"

„Darüber mach' du dir mal keine Sorgen", beruhigte Bärbel ihren Mann schnell. „Ich habe bereits Micky von den Heaven Sailings erreicht. Der muss den Termin nur noch mit seinen Bandkollegen absprechen und würde das nötige Equipment stellen. Also die ganzen Verstärker, Mikros und so. Sobald er Genaueres weiß, gibt er mir Bescheid. Dann habe ich noch unseren ehemaligen Direktor angerufen, weil seine Kinder auch alle etwas mit Musik machen. Auch ihn konnte ich sofort von meiner Idee begeistern, und er will mich morgen zurückrufen. Bei der Stadtbücherei gibt es eine Mitarbeiterin, die wohl über meine Anfrage beim Bürgermeister Wind von der Sache bekommen haben muss. Sie singt zwar nur Schlager für die ältere Generation und passt gar nicht zu der Rockmusik, die mir ursprünglich vorschwebte…"

„Oh nein", fiel ihr ihre Tochter ins Wort, „das darf nicht wahr sein. Wenn die kommt, bleibt meine Generation zu Hause."

„Jetzt lass mich doch erst einmal ausreden. Auch darüber habe ich mir schon Gedanken gemacht. Es soll ein richtig langer Abend werden. Erst könnte diese Schlagertante auftreten und die älteren Semester zum Schunkeln bringen. Als Übergang zur fetzigen Musik, für die Micky mit seinen Leuten sorgen wird, will ich noch an unserer Schule nachfragen. Dort gibt es doch verschiedene AG's, die vielleicht auch einen musikalischen Beitrag leisten könnten. Das wäre dann für die älteren Besucher quasi der Abschied, denn die sind ohnehin nicht gewohnt, bis in die Puppen wegzubleiben. Und gerade die jüngeren Leute würden sich den Schulauftritt nicht entgehen lassen, zumal einige die Sänger persönlich kennen."

„Da hast du recht", stimmte Susanne ihrer Mutter zu. „Vor allen Dingen kommen auf diese Weise viel mehr Besucher zusammen, wenn du mit den unterschiedlichen Angeboten mehrere Generationen ansprichst. Mama, das ist echt klasse!"

„Du sagtest vorhin, dass Micky das erst noch mit seinen Kollegen durchsprechen muss. Was ist, wenn er nicht zusagt? Dann fehlen dir auch die Verstärker für die anderen Interpreten. Hast du das auch bedacht?", gab Rudolf zu bedenken.

„Ich gehe einfach davon aus, dass er zusagen wird. So eine Gelegenheit lässt er sich doch nicht entgehen. Selbst, wenn ein Bandmitglied zu dem Zeitpunkt im Urlaub ist, wird er versuchen, dafür Ersatz zu finden."

„Tut mir leid, du bist einfach unbelehrbar. Ich hätte das alles vorher, bevor ich die Halle anmiete, abgeklärt. Aber du willst wieder mit dem Kopf durch die Wand. Hoffentlich erleidest du mit dieser Aktion nicht Schiffbruch."

Wie Bärbel gehofft hatte, meldete sich Micky am nächsten Tag bei ihr und konnte ihr eine verbindliche Zusage geben. Mehr noch, er hatte bereits mit dem Sänger einer anderen Band telefoniert, der ganz spontan in einen halbstündigen Auftritt einwilligte.

„Und, darf man fragen, wie weit deine Planungen gereift sind?",
wollte Rudolf wissen, als er müde von der Arbeit nach Hause kam.
„Aber bevor du loslegst, möchte ich erst mal eine Tasse Kaffee
und mich bequem ausstrecken."
Bärbel gab ihm einen Kuss und sagte: „Dann mach es dir schon
mal gemütlich. Ich brühe dir sofort einen frischen Kaffee auf." Mit
diesen Worten verschwand sie in der Küche und kam schon nach
wenigen Minuten mit einer duftenden Tasse Kaffee zurück ins
Wohnzimmer. Anstandshalber erkundigte sie sich zunächst nach
dem Arbeitstag ihres Mannes, der jedoch sofort von ihr wissen
wollte, wie der Stand der Dinge war.

„Also", begann Bärbel, „es läuft fast besser als ich erwartet hatte.
Micky kommt mit seiner Band und bringt dazu noch eine zweite
mit. Die städtische Angestellte, von der ich dir erzählt habe, die mit
den Schlagern, die wird auch kommen und hat für den frühen
Abend ein Repertoire, mit dem sie das Publikum für zwei Stunden,
inclusive einer kleinen Pause Unterbrechung, unterhalten kann.
Der Musiklehrer des Gymnasiums wird ein Ensemble, zum Teil aus
Ehemaligen, für den Abend auf die Beine stellen und sagte nur viel
versprechend, dass ich mich überraschen lassen soll. Die Schüler
werden die Überleitung zu den Auftritten der späteren Stunden
sein. Der frühere Direktor Hinze hat eine Tochter, die wohl Clap-
ton-Stücke auf der Gitarre ganz gut spielen soll und da denke ich,
passt es ganz gut, wenn sie direkt nach den Schülern bzw. mittlerweile Studenten auf die Bühne kommt. Danach ist geplant, dass
die beiden Bands dem Publikum so richtig einheizen. Zum krönen-
den Abschluss konnte Hinze für seine anderen beiden Töchter

eine Zusage geben. Als die „Hinze-Sisters" hätten sie fast jedes Wochenende einen Auftritt. Es hätten sich sogar schon Leute bei Micky gemeldet, die auch gerne mitmachen möchten, doch habe ich alles weitere abgewimmelt. Das Programm steht und es dürfte bis Mitternacht andauern", schloss Bärbel.

„Wie sieht es mit den Getränken aus? Wer kümmert sich darum?", wollte Rudolf wissen, der immer noch skeptisch der Idee seiner Frau gegenüberstand.

„Damit habe ich nichts zu tun. Das ist Aufgabe des Pächters, wie bei allen Veranstaltungen. Er muss für die Bedienung und die anschließende Reinigung sorgen und darf sich deshalb auch den Gewinn einstreichen, den er an dem Abend einfährt. Was Spendenbescheinigungen angeht, so habe ich das auch schon mit der Stadt geklärt. Vorne an der Kasse werde ich extra zwei Personen positionieren, die sich darum kümmern."

Eine Woche vor der großen Veranstaltung zugunsten der Opfer, die durch die Tsunamikatastrophe ihren gesamten Hausstand verloren hatten, kümmerte sich Bärbel um die letzten Details. Freiwillige hatten sich gemeldet, um die Garderoben der Besucher entgegen zu nehmen, und vertrauenswürdige Freunde würden an den beiden Kassen sitzen. Die Presse hatte sich den Termin vorgemerkt und will vorbeischauen, und die Feuerwehr wird ebenso wie das Deutsche Rote Kreuz vor Ort sein. Die Vorverkaufszahlen versprachen einen vollen Saal, so dass es jetzt nur noch abzuwarten galt.

Am Montag nach der Veranstaltung war in der örtlichen Presse mit der Überschrift „Niederstirnberg tanzt und rockt für einen guten Zweck" zu lesen:

„Die Benefizveranstaltung am vergangenen Samstag, die den Opfern der verheerenden Tsunamikatastrophe an unserer Küste zugute kommen soll, hat ein überwältigendes Ergebnis eingespielt. Weit über eintausend Besucher konnten an dem Abend gezählt werden, so dass nach Auskunft der Organisatorin Bärbel Reeke ein Betrag von annähernd 50.000 Euro als Spende in die Krisengebiete überwiesen werden kann.

Als erste Künstlerin trat die heimische Elke Krenz auf, gefolgt von einem Ensemble unseres Gymnasiums unter Leitung von Studienrat Walter Schnelle. Die überwiegend aus ehemaligen Schülern bestehende Gruppe sang a cappella, was beim Publikum großen Anklang fand. Danach trat Gesine Hinze auf, die Tochter des ehemaligen Gymnasialdirektors, und verzauberte die Besucher mit Musikstücken auf der Gitarre, die allesamt afrikanische Klänge aufwiesen. Danach wurde es mit der auswärtigen Band ,Silver Cream' laut und rockig, die von Micky und seinen Heaven Sailings abgelöst wurden. Wie gewohnt, spielten sie bekannte Coverstücke und verabschiedeten sich mit dem alten Beatles-Song ,Come together', zu dem sich die Gäste erhoben und mitsangen. Dem ausgelassenen Publikum wurde zu fortgeschrittener Stunde aber mit den ,Hinze-Sisters' noch ein besonderer Leckerbissen serviert. In bodenlangen, glitzernden Kleidern haben die Schwestern eine Bühnenshow vom Feinsten abgezogen, und bei den letzten beiden Stücken stiegen sie unter großem Applaus aller Anwesenden auf die Tische. Schade nur, dass es erst zu einer so schlimmen Katastrophe kommen musste, bevor die Niederstirnberger so etwas Hochkarätiges erleben durften.

Besuchen Sie doch auch unsere Fotogalerie unter www.presse-niederstirnberg.de."

85 Jahre Familienglück

Den ganzen Tag über schien die Sonne und hatte die Luft ausreichend erwärmt, so dass auch noch der Abend bei lauen Temperaturen im Freien verbracht werden konnte. Martina traf gemeinsam mit ihrem Mann Hubert die letzten Vorbereitungen, denn anlässlich des 85. Geburtstags ihrer Mutter Ruth wollte die ganze Familie zusammen kommen.

„Hast du schon die Grillkohle aus dem Keller geholt?", rief Martina ihrem Mann aus der Küche zu.

„Nein, mein Schatz, ich habe mich erst einmal um die Getränke gekümmert. Erledige ich aber sofort."

Zufrieden warf sie einen Blick auf die Tischgruppe im Garten, wo sie alles dem Anlass entsprechend dekoriert hatte, denn zu späterer Stunde sollten bunte Lampions für eine romantische Stimmung sorgen.

Martina sah auf ihre Armbanduhr: „Hubert", hörte er sie rufen, „ich finde, du solltest das Grillfeuer ruhig schon anzünden. Es wird nicht mehr lange dauern, bis unsere Kinder eintreffen."

Kaum hatte Martina den Satz zu Ende gesprochen, klingelte es auch schon an der Haustür, und sie eilte freudestrahlend darauf zu: „Meine Lieben, da seid ihr ja. Kommt nur herein!"

Ihre beiden Enkelinnen Kim-Joy und Samira drückten ihre Oma zur Begrüßung und freuten sich offensichtlich über das Wiedersehen.

„Wo ist Opa?", wollten beide gleichzeitig wissen.

„Opa ist im Garten, und eure Urgroßmutter hat es sich auch schon draußen bequem gemacht. Sie freut sich so, dass ihr alle zu ihrem Geburtstag kommt."

Die Kinder stürmten augenblicklich in den Garten, und erst jetzt konnte Martina ihre Tochter Christine mit einem Kuss begrüßen und ihren Schwiegersohn Karl liebevoll in ihre Arme schließen.

Da klingelte es auch schon zum zweiten Mal.

„Leise", meinte Manfred sofort, als seine Mutter ihm die Tür öffnete. Zur Erklärung setzte Svenja, seine Frau, sofort hinterher: „Der Kleine ist gerade erst eingeschlafen. Wir sind froh, dass er endlich Ruhe gegeben hat."

Übervorsichtig ging Svenja mit dem Baby an ihrer Schwiegermutter vorbei, während die ihren Sohn und seinen Ältesten Linus begrüßte. Sie konnten gerade ein paar Worte zur Begrüßung austauschen, als die Klingel erneut ertönte, und der älteste Sohn Patrick mit seiner Frau Sophia und den Kindern Damian und Luisa eintraf.

Die Wiedersehensfreude wurde allerdings dadurch getrübt, dass sich Svenja offensichtlich lautstark über etwas ärgerte, was nicht zu überhören war.

Martina eilte sofort zu ihr und wollte wissen, was denn passiert wäre, als sie vorwurfsvoll zur Antwort bekam: „Elias hat so schön geschlafen, aber Kim-Joy und Samira mussten so laut im Garten toben, dass mein Kleiner davon wach wurde. Jetzt ist es mit der Ruhe aus!"

„Aber Kindchen", meldete sich die Hauptperson des heutigen Tages belehrend zu Wort, „von so etwas wird doch ein Baby nicht wach. Wenn die einmal schlafen, dann lassen die sich durch nichts mehr aus der Ruhe bringen."

Aufgebracht konterte Svenja: „Oma, ich weiß nicht, was man euch früher beigebracht hat. Elias ist so einen Lärm jedenfalls nicht gewohnt und ist davon wach geworden."

Während die alte Dame fassungslos zusah, wie ihre Enkelin den Kleinen hochhob, folgte noch eine Äußerung, auf die Svenja fast schon gewartet hatte: „Ihr macht heutzutage viel zu viel Tam Tam um eure Kinder. Zu meiner Zeit hätten wir mit unseren Kindern dazu gar nicht die Zeit gehabt. Die kleinen Würmchen wissen doch noch gar nicht einmal, dass sie auf der Welt sind."

Martina wusste von früheren Familienfesten, dass derartige Gespräche nie ein gutes Ende nehmen, wenn sie einmal in diese Richtung gehen. Deshalb wechselte sie schnell das Thema und fragte mit unschuldiger Miene in die Runde: „Wollt ihr euch nicht erst einmal setzen? Und überhaupt sollten wir uns auf den Anlass besinnen und auf unser Geburtstagskind anstoßen. Bringen wir meiner lieben Mutter ein Ständchen."

Der achtjährige Damian und seine zwei Jahre ältere Schwester tauschten einen vielsagenden Blick, während Ruth voller Vorfreude der Dinge harrte, die nun folgen würden. Hubert wusste, was zu tun war und verpasste seinen Einsatz nicht. Seiner Frau reichte er zwei bereits geöffnete Sektflaschen. Christine wollte sich zwischenzeitlich nützlich machen, griff nach dem bereit stehenden Orangensaft und schenkte ihren Kindern davon ein.

„Halt, ihr dürft noch nicht trinken", konnte Martina in letzter Sekunde verhindern, dass Kim-Joy und Samira zu den Gläsern griffen. „Erst, wenn alle ein Glas haben, wollen wir gemeinsam auf eure Urgroßmutter und meine Mama Ruth anstoßen."

„Dürfen wir auch schon Sekt?", kam es von Damian.

Ihre Mutter Sophia meinte sofort, dass sie dafür wohl beide noch zu jung wären, worauf Luisa empört äußerte: „Ich bin schon zehn. Alle meine Schulfreundinnen dürfen zu Hause bei einer Feier Bowle trinken."

„Ja, mein Schätzchen, Bowle vielleicht schon. Hier geht es aber um Sekt, der viel mehr Alkohol als eine Bowle enthält."

Patrick mischte sich in die Unterhaltung zwischen seiner Frau und seiner Tochter und meinte beschwichtigend: „Sophia, heute können wir doch mal eine Ausnahme machen und beiden wenigstens einen Schuss Sekt zum Saft dazu geben. Wir feiern schließlich den 85. Geburtstag meiner Oma. Fünfundachtzig wird sie doch nur einmal."

„Das ist gemein!", protestierte sofort Luisa „ich bin schließlich zwei Jahre älter. Dann will ich aber mehr von dem Sekt..."

„Ach du lieber Himmel", ergriff Martina das Wort, das in der Auseinandersetzung um den Sekt fast unterging. „Wie ist das denn schon wieder passiert? Konntet ihr denn nicht besser aufpassen?"

Mit diesen Worten eilte sie in die Küche, um mit Krepppapier den verschütteten Saft vom Boden aufzuwischen. Christine, die sich gerade mit ihrer Schwägerin Svenja unterhielt, realisierte erst jetzt, was geschehen ist: „Das darf doch nicht wahr sein. Samira, dein neues, schönes Kleid!" Für Svenja setzte sie erklärend hinzu: „Das haben wir extra von einer Schneiderin anfertigen lassen und ich kann dir sagen, dass es einiges gekostet hat."

„Das glaube ich dir gerne. Aber da siehst du, was du davon hast. Wie kann man einem Kind so teure Sachen kaufen? Andere wären froh, wenn sie überhaupt etwas zum Anziehen..." Ihr Mann Karl zog sie zu sich und sprach beruhigend auf sie ein: „Lass doch, das hat keinen Zweck. Du regst dich unnötig auf. Nachher streitet ihr nur wieder."

Ruth, die von einem Familienmitglied zum nächsten sah, nippte einfach schon mal heimlich an ihrem Sekt, in der Hoffnung, dass es niemandem auffällt.

Martina hatte zwischenzeitlich versucht, die Fliesen auf dem Boden trocken zu wischen und bat ihren Mann Hubert, mit dem Befüllen der Sektgläser fortzufahren. Da sah Luisa noch einmal ihre Chance: „Ich bekomme aber mindestens die Hälfte Sekt."

Jetzt wurde es Hubert langsam zu bunt, und unbeherrscht fuhr er sie barsch an: „Du hältst augenblicklich deinen Mund!" Das hatte gesessen, und Luisa traute sich kaum noch zu atmen.

Der kleine Elias, den Svenja die ganze Zeit über in ihren Armen gehalten hatte, schien hungrig zu werden. Ohne viel Aufhebens legte sie ihn an ihre Brust, was der Kleine augenblicklich mit einem zufriedenen Schmatzer quittierte.

Patrick fühlte sich offensichtlich durch diese Freizügigkeit abgestoßen und meinte: „Muss das hier am Tisch sein? Kannst du nicht zum Stillen in ein anderes Zimmer gehen?"

Und ihre Mutter äußerte sich vorwurfsvoll: „Konnte das nicht warten? Wir haben bis jetzt nicht mal auf den Geburtstag meiner Mutter angestoßen."

Mit funkelnden Blicken antwortete Svenja lauter als beabsichtigt: „Nein Mama, das konnte nicht warten. Ich kann einem zwei Monate alten Säugling nicht klar machen, dass wir erst auf den Geburtstag deiner Mutter anstoßen wollen. Und zu dir, mein lieber Schwager. Du brauchst ja nicht hinzusehen. Im Übrigen gibt es so, wie ich meine Kinder stille, nichts zu sehen. Vielleicht hättest du es ja lieber, wenn ich meine Bluse aufgeknöpft und meinen Busen entblößt hätte."

Bei diesen Worten riss Sophia ihre Augen weit auf und ihr entwich ein spitzer Schrei, worauf Svenja in Richtung ihrer Schwägerin gewandt fortfuhr: „Vielleicht ist es aber auch nur der Neid, weil du, liebe Sophia, damals deine Kinder nicht stillen konntest."

Linus, der die ganze Zeit schon unruhig auf seinem Stuhl hin und her rutschte, was aber im allgemeinen Tumult unterging, nutzte die plötzlich eingetretene Stille: „Mama, ich muss Pipi."

„Manfred", bat Svenja, „würdest du bitte mit unserem Sohn zur Toilette gehen?", worauf sie den kleinen Elias an die andere Brust legte.

Hubert warf einen Blick auf die Grillkohle und stellte ernüchternd fest, dass der perfekte Zeitpunkt, als die Kohlestücke weiß glühten, längst überschritten war. Resigniert füllte er neue Holzkohle auf und hoffte, bei einem zweiten Anlauf den Zeitpunkt zum Fleischauflegen besser abpassen zu können. In der Zwischenzeit beschloss er, die restlichen Gläser mit Sekt aufzufüllen und gab auch Luisa und Damian etwas davon zu den Gläsern mit dem Saft.

Gerade, als Manfred mit Linus aus dem Bad zurückkehrte, bahnte sich ein Streit unter den Kindern an. Luisa meinte, ihr Bruder Damian wäre in seine Cousine Samira verknallt, woraufhin er sie wütend anschrie: „Stimmt ja gar nicht! Du lügst!" Luisa, die das jedoch besser wissen wollte, fragte schnippisch zurück: „Und wieso wirst du dann knallrot im Gesicht, he?" Samira war das peinlich und sprang heulend auf, woraufhin ihr Vater losdonnerte: „Untersteh' dich! Setz dich augenblicklich wieder hin."

Samira weinte um so lauter, Luisa stammelte etwas von einem „Irrenhaus", und auch der kleine Elias schrie jetzt aus vollem Hals. Sein Bruder Linus zog gelangweilt an der Aufhängung der Lampions, woraufhin sich die Befestigung löste. Zu allem Unglück landete die Girlande genau auf Großmutter Ruth, die sich bei dem Versuch, sich von den Kabeln zu befreien, nur noch mehr darin verfing.

Plötzlich platzte der alten Dame der Kragen, sie schlug mit der Faust auf den Tisch, erhob sich und blickte böse in die Runde. Wie vom Donner gerührt traute sich niemand, auch nur noch einen Laut von sich zu geben. Auf diese Weise ernüchtert, besann sich jeder auf den Anlass dieser Zusammenkunft. Martina war die Erste, die sich erhob und feierlich anstimmte, so als wäre nichts gewesen: „Liebe Mama, wir haben uns heute alle hier versammelt, um in gemütlicher Runde deinen 85. Geburtstag zu feiern. Wir sind froh, dass du dich noch bester Gesundheit erfreust und hoffen, dich noch lange bei uns zu haben. Es ist doch immer wieder ein bewegendes Gefühl, wenn sich unsere Familie in Harmonie zu einem Familientreffen einfindet. Auf unvergessliche Stunden, auf dich, liebe Mama!"

Alle erhoben ihr Glas, prosteten der alten Frau zu und stimmten gemeinsam das Geburtstagslied „Hoch soll sie leben" an.

Mama total durchgeknallt

„Hallo, grüß dich!", sagte Ute und stieg zu ihrer Freundin ins Auto. Wie an jedem Mittwochmorgen würden sie auch heute gemeinsam eine Runde in der Haard, einem Waldgebiet, drehen. Vor einigen Jahren hatten sie langsam mit dem Joggen auf kurzen Strecken begonnen, die sie im Laufe der Zeit immer weiter ausdehnten. Das bot ihnen die Möglichkeit, sich über Gott und die Welt auszutauschen. Schon nach wenigen Minuten bog Miriam auf einen kleinen Parkplatz am Ortsrand, der zu dieser Zeit noch fast leer war.

„Hoffentlich hält das Wetter", meinte Miriam und blickte dabei skeptisch in den Himmel, der immer trüber wurde.

„Dann werden wir halt wieder nass. Es wäre ja nicht das erste Mal. Komm, wir laufen einfach los und nehmen die Abkürzung, wenn es zu heftig regnen sollte. Erzähl mir lieber, wie deine Woche war."

„Ach, nichts Besonderes. Das übliche halt. Unser Großer hat Ärger mit seiner Freundin, und der Jüngere weiß plötzlich nicht mehr, ob er nach dem Abi ein Studium beginnen soll oder nicht. Aber wie geht es deiner kranken Oma? Die fühlte sich doch letzte Woche gar nicht gut?"

„Ihr Zustand hat sich zunehmend verschlechtert", gab ihr Ute zur Antwort. „Aber was will man auch erwarten? Sie ist immerhin schon 92 Jahre alt."

Miriam, die mittlerweile leicht außer Atem geraten war, gab ihr recht: „Das stimmt schon und trotzdem nimmt es einen doch mit."

„Meinen Großvater hat sie um rund zwanzig Jahre überlebt. Als er damals starb, wollte sie gar nicht weiter leben und wäre ihm am liebsten auf der Stelle ins Grab gefolgt."

„Ach, davon hast du mir noch nie erzählt. War dein Opa damals so viel älter als deine Oma, oder ist er nicht so alt geworden?"

„So ganz genau weiß ich, ehrlich gesagt, gar nicht, wie alt er wurde. Ein paar Jahre mag er älter als Oma gewesen sein. Aber er hat als Hauer im Bergbau schwer arbeiten müssen und über die Jahre zu viel Steinstaub eingeatmet. Er war lange krank und hatte zum Schluss kaum Luft bekommen. Ich weiß nicht, ob du das kennst..."

Weiter brauchte sie gar nicht auszuholen, denn Miriam wusste nur zu gut, wovon ihre Freundin sprach: „Klar kenne ich das. Du meinst die Silikose. Mein Opa und mein Vater waren auch beide auf dem Pütt und von ihnen habe ich so manche Story gehört, wie es da unten zugegangen ist. Aber bald schließen ja die letzten Bergwerke bei uns im Ruhrgebiet und der Bergbau gehört der Vergangenheit an."

„Au weia, ich glaube, ich habe schon die ersten Tropfen abbekommen. Der Himmel hat sich weiter zugezogen, und wenn mich nicht alles täuscht, höre ich es in der Ferne grummeln. Aus der großen Runde wird wohl heute nichts. Aber noch mal zu dem, was du da gerade gesagt hast. Es stimmt, irgendwie ist es schade, dass es den Bergbau bald nicht mehr gibt, denn er hat Leben in unsere Region gebracht."

„Weißt du, wenn ich so darüber nachdenke, müsste man über die Arbeit der Bergleute ein Buch in lockerem Stil schreiben, das einen

182

allgemeinen Einblick in die Welt unter Tage bietet. Was wissen denn die jungen Leute heute noch? Da, wo früher die Zechen standen, stehen heute schicke Eigenheime und die Hinzugezogenen wissen oftmals nichts von den bis in tausend Metern Tiefe angelegten Tunnelsystemen."

„Das stimmt ja alles, was du sagst", pflichtete Ute ihr bei. „Nur, wer sollte so ein Buch schreiben? Das müssten die Bergleute selber machen. Außenstehende haben keinen Zugang zu ihrem Arbeitsplatz."

„Das sehe ich anders. Jeder könnte doch darüber schreiben, wenn er ausreichend motiviert ist", konterte Miriam.

„Hier geht es nicht nur um Motivation. Wie willst du über etwas schreiben, was du gar nicht kennst? Willst du allein aus der Recherche im Internet ein Buch schreiben?"

„Na klar, machen die doch bei ihrer Doktorarbeit auch. Nein, Spaß beiseite, natürlich nicht. Aber was man nicht kennt, muss man eben kennen lernen."

„Hier geht es aber um einen Bereich, zu dem du keinen Zugang hast. Wie, bitte schön, stellst du dir das vor?"

„Das weiß ich selber noch nicht und werde mir dazu Gedanken machen, bis ich eine Lösung gefunden habe. Aber von vornherein schon die Flinte ins Korn werfen, das ist nicht mein Ding."

Mittlerweile regnete es so ergiebig, dass die beiden Frauen auf dem kürzesten Weg zum Ausgangspunkt zurück liefen. Auf der Rückfahrt konnte Ute nur wenig sehen, da die Scheibenwischer den Wassermassen kaum Herr wurden. Um schnell unter die warme Dusche zu kommen, verabschiedeten sie sich ohne viele Worte bis zum nächsten Wochenende. Zusammen mit ihren Männern waren sie zu einer Party bei Freunden eingeladen und würden die näheren Einzelheiten am Telefon klären.

.

Der Gedanke, ein Buch über den Bergbau zu schreiben, ging Miriam unterdessen nicht mehr aus dem Kopf. Sie erinnerte sich an einen Bekannten, dem sie gelegentlich einen Gefallen getan hatte. Warum sollte er mit seinen Beziehungen nicht auch mal etwas für sie tun? Kurzerhand schrieb sie ihm eine Mail und bat ihn um Unterstützung.

.

Als ihr Mann am Abend nach Hause kam, erzählte sie ihm aufgeregt, was sie angeleiert hatte und wartete gespannt auf seine Reaktion. Umso größer war ihre Enttäuschung, als er von ihrer Idee alles andere als begeistert war: „Was soll das denn nun schon wieder? Immer kommst du mit neuen Ideen und Überraschungen. Du kannst doch gar nicht schreiben. Es kann sich nicht jeder einfach hinsetzen und ein Buch schreiben. Manchmal glaube ich, du hast nicht mehr alle Tassen im Schrank und bist nicht ganz normal."
Eher belustigt nahmen es Miriams Kinder auf, die von ihrer Absicht unweigerlich erfuhren. „Das ist typisch Mama. Die kommt auf die verrücktesten Ideen", hieß es von ihren Kindern. „Jetzt ist sie total durchgeknallt."

Die Stimmung auf der Party war wieder einmal ausgelassen, es wurde getanzt und die Gäste freuten sich, alte Freunde wieder zu treffen. Ute kam auf Miriam zu und fragte ganz direkt: „Das mit dem Buch über den Bergbau – das war aber nur ein Scherz, oder?"

„Nein, absolut nicht. Ganz im Gegenteil. Ich habe sogar schon jemanden angeschrieben. Vielleicht kann er an entsprechender Stelle für mich ein gutes Wort einlegen."

„Ich glaub's nicht!", hörte Herbert, ein alter Schulfreund, Ute lachend ausrufen und mischte sich sofort ein: „Was glaubst du nicht?"

„Stell dir vor, was Miriam plant. Sie möchte ein Buch über den Bergbau schreiben!"

Erst bog sich Herbert vor Lachen, doch als er in das ernste Gesicht von Miriam sah, verging ihm das ganz schnell: „Was willst du? Ein Buch über den Bergbau schreiben? Als Frau? Du hast doch keine Ahnung. Wie kannst du über etwas schreiben, was du gar nicht kennst? Warst du überhaupt schon mal da unten? Kannst du dir vorstellen, wie das ist, wenn der Förderkorb in die Tiefe rast?"

„Allerdings, ja, ich hatte das Glück, schon zwei Mal mit einer Besuchergruppe einzufahren. Einiges weiß ich außerdem aus den Erzählungen meines Vaters und Großvaters, aber mir ist klar, dass das nicht für ein Buch reicht. Dazu müsste ich mit den Kumpeln unter Tage einfahren dürfen. Und genau dafür möchte ich eine Genehmigung bekommen."

Alle Augen richteten sich erstaunt auf Miriam, die das ganz selbstbewusst geäußert hatte. Martin brachte sich ebenfalls mit einem Beitrag ein: „Wenn ich auch mal etwas dazu sagen darf. So eine

Genehmigung kriegst du nie im Leben. Du hast vielleicht Vorstellungen. Die lassen schon immer seltener Besuchergruppen runter, weil es einfach zu gefährlich ist."

„Mein Reden", pflichtete ihm Miriams Ehemann bei.

„Aber so kennen wir dich: Immer mit dem Kopf durch die Wand. Du warst ja schon in der Schule immer irgendwie anders", blies der Gastgeber ins gleiche Horn.

„Und darüber bin ich sogar froh. Wenn wir alle immer nur das Gleiche tun würden, könnte sich nie etwas ändern. Ich muss es wenigstens versuchen."

Leicht verärgert wendete sich Miriam dem Buffet zu und dachte, denen werde ich es zeigen, und sie alle werden sich noch wundern.

Zu ihrer freudigen Überraschung erhielt sie schon in der folgenden Woche eine Antwortmail ihres Bekannten, der bei einem Termin ihr Anliegen vorgestellt hatte. Man würde beim Zentralbereich für öffentliche Kommunikation eine zeitnahe Entscheidung treffen, über die sie umgehend informiert würde. Allerdings müsste sie sich schon etwas gedulden, da es sich in diesem Fall nicht um eine normale Grubenfahrt handelt, sondern um einen Ausnahmefall, der eine enorme Anstrengung seitens der Verantwortlichen bedeutet."

Miriams Geduld wurde weitere zwei Wochen auf die Probe gestellt, bis sie endlich vom Leiter der Abteilung für Kommunikationsarbeit des Bergwerks West in Kamp-Lintfort eine Mail erhielt. Nachdem dieser sich einen persönlichen Eindruck von Miriam verschafft hatte und sie ihm glaubhaft versicherte, dass sie den Strapazen körperlich und mental gewachsen sein würde, wurde sie für eine Woche im Dezember 2011 einem eigens für sie abgestellten Steiger zugeteilt. Am ersten Tag war er noch etwas skeptisch und wusste nicht, wie viel er einer Frau zutrauen konnte. Doch nachdem er sich davon überzeugt hatte, dass Miriam auch einen längeren Aufenthalt im Bergwerk verkraften konnte, führte er sie bereitwillig an alle Betriebspunkte. Wie gewöhnlich haben die Kumpel dem Druck ihrer Blase nachgegeben, denn sie konnten ja nicht ahnen, dass sich unter den sich nähernden Lichtern der Stirnlampen eine Frau befand, die sie an dieser Stelle niemals vermutet hätten.

Ungefähr ein halbes Jahr, nachdem für Miriam die Idee während des Joggens mit Ute aufkam, konnte sie ihr Buch über den Bergbau veröffentlichen. Alle, die sich über sie lustig gemacht hatten und es besser wussten, zollten ihr nun Respekt. Ihre Kinder waren stolz auf ihre Mama und fragten sie im Scherz, was denn nun als nächstes käme, worauf sie prompt zur Antwort erhielten: „Ich überlege, ob ich nicht mal für eine Woche den Ärzten im Operationssaal über die Schulter schauen kann..."

Angst im Klettersteig

„Wie sieht's aus, Gisi? Klappt es heute?", fragt Carmen.

„Na ja, das Wetter ist immer noch unbeständig. Es wird wieder regnen. Wie lange bleibt ihr noch? Morgen ist euer letzter Tag, oder?"

„Ja, morgen müssen wir packen. Dann geht's wieder heim."

Siegi kommt gerade dazu und mischt sich ein: „Pass mal auf, Carmen, ich habe gerade so mit einem Ohr gehört, was ihr da plant. Lass uns morgen gehen, dann kann ich euch begleiten. Ich klär das heute mit denen da oben ab, und dann fahren wir schnell mit der Transportseilbahn rauf zur Sajat. Packt halt schon einmal heuer eure Sachen. Alles Weitere dann morgen früh."

Eigentlich wollte Carmen schon im letzten Jahr mit Gisi, der Zimmerwirtin, auf die Rote Saile. Nachdem sie sich nun von Jahr zu Jahr an schwierigere Touren gewagt und mittlerweile auch schon den Großvenediger bestiegen hat, blickte sie im vergangenen Jahr immer wieder sehnsüchtig auf die fast über 200 Meter senkrecht aufragende Wand. Um sich ein Bild von dem Aufstieg machen zu können, nahm sie sich gelegentlich ein Fernglas zur Hand. Die Menschen, die sich im Klettersteig der Roten Saile befanden, waren dann deutlich zu erkennen und auch die Schwierigkeiten, mit denen sie zu kämpfen hatten, ließen sich so erahnen. Bei diesigem Wetter sieht das Massiv bedrohlich aus, aber wenn die Sonne darauf fällt, leuchtet es weiß glitzernd vor einem strahlend blauen Himmel. Ein grandioser Anblick!

Nachdem im letzten Jahr das Wetter nicht mehr mitspielte und Carmen einen Strich durch die Rechnung machte, hat sie sich gesagt, aufgeschoben ist nicht aufgehoben und sich die Tour für dieses Jahr fest vorgenommen. Sie will endlich auf diesen Klettersteig der Venedigergruppe in Osttirol. Von Prägraten beziehungsweise Hinterbichl am Ende des Virgentals geht es bis zur Sajathütte hinauf. Auf der einem Schloß in den Bergen ähnlich sehenden Schutzhütte bietet sich eine Übernachtung an. Ausgeruht geht es am nächsten Tag in einer halben Stunde bis zum Einstieg des Klettersteigs. Mit dem erforderlichen Equipment ausgerüstet, benötigt man dann, je nach Kondition, eine Stunde bis zum Gipfel. Über senkrechte, zum Teil überhängende Leitern arbeitet sich der Kletterer hoch. Oben geht es erst noch ein Stück auf dem Grat entlang, bis das Gipfelkreuz erreicht ist. Über die Scharte folgt auf der abgewandten Seite der Abstieg.

Der nächste und damit letzte Urlaubstag ist angebrochen und Carmen erkundigt sich sofort beim Frühstück nach dem Wetter.

„Also, wie ich gestern schon sagte, wir können mit der Materialseilbahn rauf. Für den Nachmittag hat der Wetterdienst zwar wieder weiteren Regen vorhergesagt. Aber wenigstens sind keine Gewitter im Anmarsch. Deshalb würde ich sagen, dass wir nicht zu spät losgehen. Sei mal gleich um zehn fertig, dann fahren wir schnell mit meinem Wagen das Stück bis zur Seilbahn", gibt ihr Siegi zur Antwort.

„Was muss ich mitnehmen? Deine Schwester meinte, ich soll besser ein paar Handschuhe einpacken, weil einige Stellen vom Drahtseil schon sehr ausgefranst sind."

„Nein", lacht Siegi, „die wirst du nicht brauchen. Damit hast du nicht einen so guten Halt. Aber wenn du willst, nimm sie erst einmal mit. Sonst brauchst du nichts. Ich packe die Klettergurte für uns ein."

Carmen ist es schon ganz recht, dass Siegi mitkommt und sie nicht mit Gisi alleine unterwegs ist. Denn irgendwie hat sie doch ein wenig Bammel. Jeder erzählt ihr etwas anderes. Bei einer imposanten Tour vom Defereggental über den Donnerstein und hinab zur Zupalseehütte ins Virgental zu Beginn des Urlaubs hat sie dem Bergführer von ihrem Vorhaben erzählt. Als er sie fragte, welche Klettersteige sie schon gegangen ist und sie kleinlaut meinte, noch keinen, viel er aus allen Wolken und hat ihr von der Roten Saile dringend abgeraten. Gisi, die nun schon ein paar Mal den Klettersteig gegangen ist, hat ihr wiederum versichert, dass das kein Problem ist und außerdem wäre man ja jederzeit gesichert. Alles halb so schlimm, meint sie lapidar.

Carmen steht schon vor der verabredeten Zeit bereit. Die Sonne scheint, und im Tal ist es angenehm warm. Andere Hausgäste wünschen ihr noch viel Glück und dann steigt sie zu Siegi ins Auto. Endlich geht es los! Die Fahrt mit der Materialseilbahn erweist sich als ganz unspektakulär, denn es handelt sich um eine Luxusausführung in Form einer geschlossenen Kabine. Denn üblicherweise bestehen die Gondeln für den Materialtransport zu den Schutzhütten nur aus primitiven Kästen mit lediglich einer einfachen Sitzbank vorne und hinten. Als die Gruppe oben an der Sajathütte ankommt, zeigen sich schon die ersten Wolken am Himmel. Warm ist es hier auf einer Höhe von 2600 Metern auch nicht gerade, aber Carmen lässt sich davon nicht einschüchtern, denn sie will das jetzt endlich durchziehen. Siegi verteilt an alle die Klettergurte, wobei er der in diesen Dingen ungeübten Carmen beim Anlegen helfen muss. Er befestigt an ihrem Gurt zwei Karabiner und erklärt ihr, wie sie mit einer Hand geöffnet und richtig eingesetzt werden müssen. Beim Umhaken an den tief in den Berg eingelassenen Ankern muss immer ein Karabiner mit dem Drahtseil verbunden bleiben. Für den Fall, dass der Kletterer keinen sicheren Halt hat und abrutscht, kann er zumindest nicht in die Tiefe stürzen. Er würde zwar immer durch den Beckengurt gehalten, aber oft erst nach zwei Metern, wenn der Karabiner bis zum Anker darunter gerutscht ist.

Die Wolken ziehen dichter auf, ein letzter Check-up und die Gruppe setzt sich in Bewegung. Nicht zu schnell, in gleichmäßigem Tempo geht es hinauf. Etwa eine halbe Stunde benötigen sie für den Anstieg. Dann ist es so weit, Siegi geht voraus und klinkt sich in das Drahtseil ein. Hier packt Carmen zum ersten Mal ein leichtes Entsetzen, denn sie muss einen großen Schritt machen, um dann nur noch mit den Fußspitzen auf einem kleinen Felsvorsprung zu landen. Erst, wenn sie das geschafft hat, kann sie die Karabiner einsetzen. Sie zögert etwas und ist hin- und hergerissen. Einerseits die Angst, ob sie das jetzt schafft – andererseits der

Traum, endlich diesen Klettersteig auf ihrer Wunschliste abhaken zu können. „Also los jetzt!", fordert Siegi sie auf. Und Carmen nimmt all ihren Mut zusammen. So, das hätte sie schon mal geschafft. Jetzt schnell die zwei Karabiner ans Seil und ihr kann nichts mehr passieren.

„Wo geht's denn jetzt weiter?", fragt sie sich umschauend, denn nirgendwo sieht sie eine Möglichkeit voran zu kommen. Gisi und Karl werden schon langsam ungeduldig und können nicht nachrücken, so lange Siegi und Carmen nicht auf der Leiter sind, die über ihren Köpfen aufragt. Ohne Carmen eine Antwort auf ihre Frage zu geben, hangelt sich Siegi an der Leiter hoch. Sie sieht es mit Entsetzen. Wie soll sie einen Fuß auf die erste Sprosse bekommen? Diese ist nämlich nicht ein paar Zentimeter über dem Boden, wie sie es von einer Leiter gewohnt ist, sondern ungefähr in Brusthöhe. Obwohl Carmen regelmäßig ins Fitnessstudio geht, stehen solche Klimmzüge, wie sie jetzt vonnöten sind, bei ihr nicht auf dem Programm. Sie zieht sich mit ihren Armen hoch und versucht, mit den Füßen irgendwo Halt zu finden und nachzuhelfen. Zentimeter für Zentimeter arbeitet sie sich weiter hoch und hat schon jetzt das Gefühl, nur noch Pudding in den Armen zu haben. Irgendwie erwischt sie dann aber doch die erste Sprosse und klettert weiter die Leiter hoch. Sie will sich keine Blöße geben, versucht ihren Kopf auszuschalten und tut das, was man von ihr erwartet.

„Immer schön umhaken!", ruft ihr Siegi von oben zu.

Und von weiter unten hört sie: „Das machst du schon ganz gut, weiter so!"

Ja, sie klettert immer weiter, wie in Trance. Doch ihr wird immer übler, denn ein schlimmes Erlebnis in der letzten Woche hat sie noch nicht verarbeitet. Manchmal dauert es lange, sehr lange, bis ein Mensch über so ein Trauma hinwegkommt. Das war wohl auch der Grund, weshalb Siegi seine Frau Gisi nicht mit Carmen alleine gehen lassen wollte. Er, der selbst ein erfahrener Alpinist und aktives Mitglied der Bergrettung Osttirol ist, weiß, welche Folgen ein Sturz in den Bergen haben kann. Solch ein Trauma kann nicht einfach so weggesteckt werden, und manche Menschen verfolgt es den Rest ihres Lebens.

Carmen hatte erst in der letzten Woche auf der Alpenkönigsroute Glück im Unglück, als der Bergführer sie gehalten hat. Ihr Leben hat sie nur seiner schnellen Reaktionsfähigkeit zu verdanken, denn ungefähr vierzig Meter ist sie einen steilen, mit Steinen durchsetzten Grashang hinabgestürzt. Für den Bergführer war klar, dass sie mit ihren Verletzungen nicht mehr selbst absteigen kann, weshalb er einen Helicopter anfordern wollte. Doch ehe eine Verbindung über den Notruf zustande kommen konnte, hat Carmen ihm gezeigt, dass sie kein Weichei ist. Es ging nur langsam voran, aber sie hat den Abstieg trotzdem bewältigt.

Aber jetzt, hier im Klettersteig, kommt plötzlich die Erinnerung daran wieder hoch. Ihr wird schlecht, ihr wird schwindelig. Alles dreht sich. Sie atmet zunehmend unregelmäßiger.

„Geht's dir nicht gut?", fragt Siegi.

Doch eigentlich kennt er schon die Antwort. „Du kannst nicht weiter", stellt er fest und entscheidet, dass sie umkehren muss. Es hat keinen Zweck, und er will sich nicht ausmalen, was passiert wäre, wenn er heute nicht dabei wäre.

„Aber wie?", jammert Carmen. „Das geht doch nicht. Von hier kann man nicht umkehren."

In allen Beschreibungen des Klettersteigs steht ganz klar, dass es kein Zurück gibt. Wer einmal drin ist, muss auch durch. Siegi weiß es aber besser. Schließlich ist es seine Aufgabe, als Bergretter solche Situationen zu meistern: „Ich werde dich abseilen. Du musst nichts tun. Bleib ganz ruhig. Ich bringe dich hier raus! Mit dir gehe ich so nicht weiter. Das Risiko können wir nicht eingehen."

Was nun folgt, bekommt Carmen nur noch peripher mit. Wie durch einen Schleier nimmt sie wahr, wie Siegi über ihr hängend mit den Vorbereitungen zum Abseilen beginnt und hört die Karabiner aneinander klappern. Zu allem Überfluss beginnt es jetzt auch noch zu hageln. Dazu kommt die Kälte, die auf einer Höhe von über 2600 Metern selbst in den Sommermonaten bis auf den Gefrierpunkt fallen kann. Später kann sie niemandem berichten, wie sie aus dem Klettersteig gekommen ist, denn sie kann sich nur noch an die Sicherheit ausstrahlende Stimme von Siegi erinnern.

Die Angst, die sie einmal gepackt hat, lässt sie so schnell nicht mehr los. Als sie schon längst aus dem Klettersteig raus ist und sich wieder auf dem „sicheren" Abstiegsweg von der Roten Saile zur Sajathütte befindet, kann sie kaum mehr ohne Hilfe gehen. Ihre Beine und Füße streiken, und sie kann nur zögernd und zitternd einen Fuß vor den anderen setzen. Sie ist fix und fertig und meint voller Überzeugung, dass sie solche Passagen noch nie gegangen ist. Sie bittet sogar darum angeseilt zu werden. Aber Siegi ist zum Glück auf solche Situationen vorbereitet und darin geschult, ruhig auf seinen Schützling einzureden. So lenkt er Carmen von ihren Gedanken an den Unfall ab und geht geduldig und gleichmäßig voran. Durchgefroren kommen die beiden an der Sajathütte an und sind froh, sich hier aufwärmen zu können.

Später, als sich Carmen ein wenig beruhigt hat und von der Hüttenwirtin mit selbst gebackenem Kuchen verwöhnt wird, kann sie kaum glauben, was man ihr berichtet. Dass sie nämlich nicht einmal mehr in der Lage war, den Teil des Anstiegs alleine zu gehen, den sie schon in den vergangenen Jahren etliche Male beim Überqueren der Sajatscharte gegangen ist.

„Es tut mir leid", sagt sie zu Siegi, „dass ich dir die Tour vermasselt habe. Du hast dir extra die Zeit frei gehalten, und jetzt ist alles umsonst gewesen. Und nur wegen mir, weil ich es nicht geschafft habe."

Siegi will sie trösten und meint: „Das macht doch nichts. Ich kann jederzeit wieder hierher. Und du mach dir keine Sorgen. Hauptsache, dir ist nichts passiert. Es wird halt noch eine Weile dauern, bis du den Sturz in deinem Kopf verarbeitet hast. Ich fand es schon erstaunlich, dass du es dir überhaupt zugetraut hast. Deine Schulter ist bis heute nicht in Ordnung und die Wunden auch noch längst nicht verheilt. Wenn du das nächste Mal zu uns kommst, nehmen wir einen neuen Anlauf. Jetzt warten wir mal auf Karl und Gisi, die es bald geschafft haben müssten."

Siegi weiß aus Erfahrung, dass manche Menschen angesichts einer schwierigeren Tour, die auch immer ein Gefahrenpotential in sich birgt, zurückschrecken und ihren inneren Schweinehund überwinden müssen. Aber er weiß auch, wann das Risiko zu groß ist und wann die Sicherheit vorgeht. Denn Angst blockiert und führt zu Fehlern. In alpinem Gelände kann Angst tödlich sein!

Weihnachten steht vor der Tür

Es ist zwar erst Oktober, doch laufen bereits die ersten Vorbereitungen für das Fest. Schließlich soll alles perfekt sein. Längst sind die ersten Geschenke für die Kinder besorgt. Nicht auszudenken, wenn genau das Spielzeug nicht mehr zu bekommen wäre, was sich eines der Kinder gewünscht hat. Sonja überlässt in diesem Punkt nichts dem Zufall und freut sich auf das Fest der Liebe, das für Ruhe und Besinnlichkeit steht. Es war nicht schwer, zumindest schon einmal für eins der beiden Kinder das Richtige zu finden. Die zweijährige Marina hat sich eine Puppenstube gewünscht, und Sonja hatte Glück, dass sie per Zufall sogar ein Sonderangebot erwischt hat. Natürlich sollte es eine solide Puppenstube aus Holz sein und nicht so ein kitschig-buntes Teil aus Kunststoff. Für Henrik, der in diesem Jahr eingeschult wurde, würde es nicht so einfach werden. Er träumt von einem Keyboard, und da Sonja von Musikinstrumenten keine Ahnung hat, wird sie sich beraten lassen müssen. Dazu wird sie sich in die angrenzende Stadt begeben, um die Preise besser vergleichen zu können, was viel Zeit erfordert. Zu dumm, dass es an ihrem Wohnort keine entsprechenden Geschäfte gibt. Aber schließlich soll es ein Geschenk zum Weihnachtsfest sein, für das man keine Mühen scheut. Eigentlich könnte sie diesen Auftrag auch ihrem Mann überlassen. Warum muss sie eigentlich immer alle Geschenke alleine besorgen?

Die vergangenen Wochen sind nur so verflogen, und schon kündigt sich der 1. Advent an. Die Weihnachtsbeleuchtungen in den

Innenstädten erstrahlen längst in vollem Glanz, und aufgestellte Weihnachtsbäume zeugen von den nahenden Feiertagen. Da ist es schon verwunderlich, dass für einige Menschen das Weihnachtsfest jedes Jahr ganz plötzlich kommt, wo sie doch quasi an jeder Straßenecke damit konfrontiert werden. Die Beleuchtungen in Form von Eiskristallen, Rentieren und Weihnachtsmännern sowie die Klänge von „Kling Glöckchen klingelingeling" verbreiten ab dem frühen Nachmittag einen Hauch von Romantik, zu dem die kaufwütigen und durch die Fußgängerzonen hastenden Menschen im Widerspruch stehen. Sonja ist von dieser weihnachtlichen Stimmung fasziniert und hat natürlich ihre Fenster mit schönen Schwibbögen ausstaffiert. Die sich durch ein Übermaß an weihnachtlicher Dekoration auszeichnenden Einkaufscenter, wie das CentrO in Oberhausen, findet sie dagegen kitschig.

Endlich ist er da, der 1. Advent, den ganz besonders die Geschäftsleute herbeigesehnt haben. Sonja ist froh, dass sie den Adventskranz noch rechtzeitig fertig bekommen hat. Denn in der letzten Woche musste sie mit der Kleinen noch zum Kinderarzt, weil sich dummerweise eine Mittelohrentzündung angekündigt hatte. Dass so etwas aber auch immer zur falschen Zeit kommen muss. Gerade jetzt, wo noch die letzten Kleinigkeiten besorgt werden müssen. Die Menschen hasten gedankenverloren durch die Geschäfte und wissen schon gar nicht mehr, wonach sie suchen. Es wird ja auch in jedem Jahr schwieriger, ein Geschenk für jemanden zu finden, der eigentlich alles hat. Da stellt sich die immer gleiche

Frage: Was hat er noch nicht? Was kann er gebrauchen? Vielleicht noch einen Schlafanzug, ein Hemd oder eine Krawatte?

Ausgerechnet jetzt muss auch noch das Auto zum TÜV. Sonja hat natürlich ihrem Mann Vorhaltungen gemacht, wieso dieser Termin in die ohnehin hektische Adventszeit fallen muss, wo er sich doch hätte denken können, dass sie voll in den Weihnachtsvorbereitungen steckt. *Ja,* hat der nur geantwortet, *dann hättest DU dich ja eher darum kümmern können. Ich hatte bisher jedenfalls noch keine Zeit und kann mich erst jetzt damit beschäftigen, wo ich endlich ein paar Tage entspannen kann.* *Ja und,* hat sie entgegnet, *kannst du mir dann nicht die eine oder andere Besorgung abnehmen?*

Weit gefehlt, natürlich nicht, sie hätte es sich schon beinahe denken können. Ihr Mann ist voll beschäftigt und kann ihr leider auch das Auto nicht überlassen. Was bleibt ihr also anderes übrig, als sämtliche Erledigungen mit dem Bus zu machen? Beide Kinder brauchen dringend etwas Festliches zum Anziehen. Für Weihnachten! Es soll doch ein schönes Fest werden!

Für Marina entscheidet sie sich für ein lila-geblümtes Kleid mit einem weißen Spitzenkragen und rennt sich für eine farblich abgestimmte Strumpfhose fast die Hacken ab. Und dann muss sie noch passende Lackschuhe für die Kleine finden. Aber was tut man nicht alles für so ein Weihnachtsfest? Henrik hatte allerdings quer treiben müssen und wollte lieber mit seinen Freunden spielen, anstatt mit in die Stadt zu kommen. Das kostete Sonja schon richtige

Überredungskünste, damit er nicht die ganze Zeit herumquängelt und Theater macht. Sie hat ihm damit drohen wollen, dass das Christkind... Doch weiter kam sie nicht, denn es folgte sofort von ihrem neunmalklugen Sohn eine Belehrung darüber, dass es gar kein Christkind gibt. Schließlich ist er kein kleiner Junge mehr!

Ach, es ist ja noch so viel zu tun. Der Tagesplan ist kaum zu schaffen. Und dann sind da noch jeden Tag die Hausaufgaben, die zumindest kontrolliert sein wollen. Wann soll noch der Weihnachtsbaum besorgt werden? Im letzten Jahr sind sie extra ins Sauerland gefahren und haben sich selbst einen Baum ausgesucht. Aber dafür ging auch schon wieder ein ganzer Tag drauf, und irgendwie war der Baum dann auch nicht besser als einer aus dem Baumarkt. Überhaupt ist das Thema Weihnachtsbaum in ihrer Familie schon, so lange sich Sonja erinnern kann, ein Streitthema. Entweder war er zu breit ausladend und wollte nicht in die dafür vorgesehene Zimmerecke passen. Oder er war nicht so schön gewachsen wie der aus dem letzten Jahr. Aber in diesem Jahr wird sicher alles ganz anders, viel besser, sie hat doch alles geplant und freut sich so auf die besinnlichen Stunden, die das Fest verheißt.

Zwei Tage vor Heiligabend kommt zu allem Unglück auch noch ihr Vater ins Krankenhaus. Ausgerechnet jetzt. Wieso passieren solche Dinge immer vor den Feiertagen? Wie auf Knopfdruck ist auch noch das Wetter umgeschlagen und hat für den ersten Schnee in diesem Winter gesorgt. Wie romantisch, könnte es jetzt heißen –

weiße Weihnachten. Aber Sonja kann den Schnee im Moment gar nicht gebrauchen und findet ihn alles andere als romantisch. Denn jetzt heißt es, neben den vielen Besorgungen, auch noch zur Schneeschaufel zu greifen. Schließlich ist es Pflicht, die Bürgersteige vom Schnee frei zu räumen, und während sie im Schweiße ihres Angesichts mit der Schneeschaufel hantiert, sinniert sie darüber nach, wie schön es jetzt in einem idyllischen Bergdorf wäre, wo der Schnee leise rieselt..., still und starr liegt der See...

Henrik hat ab heute keine Schule mehr und verlangt natürlich nach dem Schlitten, der im Keller hinter Kartons und Trödel versteckt liegt. Kann er sich mit dem Rodeln nicht bis nach den Feiertagen gedulden? *Aber Mama, dann kann der Schnee doch längst geschmolzen sein!* Da ist was dran, denkt Sonja und stellt den halben Keller auf den Kopf, damit sie den blöden Schlitten herauszerren kann. Ach du Schreck, was ist das denn? Wer hat denn an dieser Stelle die alten Blumentöpfe abgestellt? Mindestens einer ist dem Geräusch nach zu Bruch gegangen, aber mit dem Einsammeln von Scherben kann sie sich jetzt nicht aufhalten. *Was ist das denn,* fragt die kleine Marina, als sie zum ersten Mal einen Schlitten sieht. Aber da ist es schon zu spät. Henrik hat ihr bereits in den schönsten Farben geschildert, wie viel Spaß es macht, damit einen Hang hinunter zu sauen. Klar, dass sie das jetzt auch will.

An diesem Abend fällt Sonja erschöpft ins Bett und nimmt ihre Hoffnungen auf ein friedliches Weihnachtsfest mit in den Schlaf. Doch an einen ruhigen Schlaf ist nicht zu denken. Immer wieder wird sie wach und geht in Gedanken durch, was noch am dreiundzwanzigsten besorgt werden muss. Denn am vierundzwanzigsten will sie sich nicht auch noch durch die Geschäfte drängeln müssen. Der Heiligabend ist voll verplant, und sie wird drei Kreuze machen, wenn sie alles geschafft hat. Noch bevor der Wecker klingelt, steht sie auf, denn schlafen kann sie sowieso nicht. Um welche Zeit soll sie am besten das Fleisch in den Backofen schieben, wann sollen die Kinder umgezogen werden oder... Ach ja, der Baum muss noch geschmückt werden, der Tisch will festlich gedeckt sein, die verpackten Geschenke... du lieber Himmel, wohin habe ich die geräumt? Sind noch passende Servietten mit weihnachtlichen Motiven vorhanden? Bleibt überhaupt noch Zeit, mich selbst ein wenig zurecht zu machen?

Die Familienmitglieder sitzen bereits in Erwartung eines besonderen Essens am Tisch. Sonja bindet gerade ihre Schürze ab, als sie die ersten Klänge von *Stille Nacht, heilige Nacht* hört. Den Kindern und auch ihrem Mann scheint das Essen zu schmecken, aber sie selbst hat kaum Appetit und würde sich am liebsten schlafen legen, so müde ist sie. Auf dem Tisch steht noch das gebrauchte Geschirr und in der Küche scheint ein Blitz eingeschlagen zu sein. Aber Sonja reißt sich zusammen. Marina wartet gebannt mit leuchtenden Augen auf das Christkind, und Henrik will endlich seine Karriere als Keyboarder starten. Sonja wischt sich den Schweiß von der Stirn und wirft einen Blick auf den geschmückten und im festlichen Glanz leuchtenden Weihnachtsbaum. Der gute Wein, der extra für den heutigen Anlass gekauft wurde, steht bereit. Doch bisher ist sie noch gar nicht dazu gekommen, einen Schluck von dem edlen Tropfen zu kosten. Ihr Mann sagt, *jetzt setz dich doch auch mal hin. Du machst mich ja ganz nervös.* Und der ganz normale Wahnsinn findet seine Fortsetzung im Aufbau der Puppenstube zu den ersten musikalischen Versuchen Henriks, der sofort sämtliche nur denkbaren elektronisch erzeugbaren Töne zum besten gibt.

Sonja denkt nur: Was bin ich froh, oh du Fröhliche, wenn Weihnachten endlich vorbei ist!

Über die Autorin

 Beatrix Petrikowski wurde 1957 in Gelsenkirchen-Buer geboren. Sie hat drei erwachsene Kinder und lebt heute mit ihrem Ehemann in Gladbeck. Seit Anfang 2011 schreibt sie regelmäßig Buchrezensionen, die in dem Blog Gedankenspinner.de veröffentlicht werden. Gelegentlich führt sie Interviews mit bekannten Autoren und hält Lesungen ab. Für die Recherchen zu ihrem ersten Buch „Was geht unter Tage ab?" durfte sie mit den Kumpeln täglich für eine Woche unter Tage einfahren, während sie für ihr zweites Buch „Was geht im Operationssaal ab?" Informationen direkt im Operationssaal sammeln durfte. Es folgten zwei gemeinsame Werke mit ihrem Ehemann „Damals auf Graf Moltke" und „Bergmannsfrühstück". Inzwischen hat sie auch ihr erstes Kinderbuch „Mein Opa war Bergmann" und einen Roman veröffentlicht, dessen Titel „Meine Frau kommt mit ihrem Mann" schon reichlich Fragen aufwirft. Mit einigen Kurzgeschichten des vorliegenden Buches ist die Autorin bereits in einigen Anthologien vertreten.